Dieter Esser

andererseits

AF205935

Dieter Esser

andererseits

In 32 Texten durch Zeit und Traum

Meinen ehemaligen Schülern,
die gerne Kürzeres lesen

Bibliografische Information der Deutschen Nationalbibliothek:
Die Deutsche Nationalbibliothek verzeichnet diese Publikation
in der deutschen Nationalbibliografie; detaillierte bibliografische Daten sind im Internet über http://dnb.dnb.de abrufbar.

© 2020: Dieter Esser

Lektorat: Carsten Klopfer
Redaktion, Buchgestaltung und Cover: Martin Haeusler

*Covergestaltung unter Verwendung einer Grafik eines unbekannten
Künstlers des 16. Jahrhunderts, die eine Skulptur zeigt, die sich im
Garten der Villa Medici in Rom befindet.*

**Herstellung und Verlag: BoD - Books on Demand
Norderstedt**

ISBN: 9783750471870

"Dat miezde jeht donevve!"

Das Meiste geht daneben!

Therese Weishaar, Großmutter des Autors,
als sie in strömendem Regen zur Kirche eilte.
Und vielleicht, wenn man darüber nachdenkt,
ist mehr als nur der Regen gemeint.

"Denn was sind Geschichten?
Man kann sagen, zierliche Nötigungen der
Wirklichkeit, Farbe zu bekennen."

Siegfried Lenz

Inhalt

I. In unserer Zeit

Ab-ge-macht	7
Georg reist	15
Heinrich	21
Die Fähre	27
Vereins-Heim. Etwas später	33
Jakobs Weg	35
Reisefinanzierung	41
Lukas 1, 2, 3, 4	49
Amors Pfeile	61
Es gibt Schlimmeres	67
Happy Birthday Birthday Birthday	83
Onze Lieve Vrouwe	89
Daamnterren	101
Zimmer 16	105
Romea und Julio	107

II. In jener Zeit

Die Hochzeit zu Kana	115
Abraham und Isaak	119
Ent-Schluss	123
Hinter der Pforte des Himmels	125

Das hölzerne Pferd 137

Der Hirte Paris 145

Dädalus und Ikarus 151

Aus den Tagebüchern des Odysseus 157

III. In ferner Zeit

Der neue GZK 209

Tele-Phon 217

IV. Für übermorgen

Life is a Kleinstadt-Blues 261

Emotion's Eleven 265

The Jeremiade of Alfred 269

Seven Poems 271

Haiku-Miniaturen 275

Kevins Protest 277

Generalstreik 279

I

In unserer Zeit

Ab-ge-macht

An einem sonnigen Sonntag im Juni saßen Emily und Johannes am Frühstückstisch. „Was machen wir heute?" fragte Emily. Johannes blickte von seiner Sonntagszeitung auf. „Mmh", war alles, was er angesichts dieser immer wiederkehrenden Sonntagsfrage herausbrachte.

In veränderter Satzstellung würde sie jetzt sagen: „Was wir am Sonntag machen …?"

Sie sagte es.

Johannes wandte sich an seinen Schöpfer: Lieber Herr Autor, sagte er, warum muss ich immer Vorschläge machen, obwohl sie längst beschlossen hat, zum vierhundertsiebenundzwanzigsten Mal zum Trödelmarkt zu gehen? Die Antwort ließ nicht lange auf sich warten: Schlag ihr den Trödelmarkt in Elchingen vor und dein Tag ist gerettet, inklusive Sex heute Abend.

„Ist nicht heute Trödelmarkt in Elchingen?" fragte er hinterhältig.

„Ach ja", sagte Emily und gab sich größte Mühe, überrascht zu wirken.

„Tolle Idee, da können wir ja mal nach Bilderrahmen Ausschau halten – für meine Acrylbilder."

Kaum etwas interessierte Johannes noch weniger als Emilys Versuche in Acryl.

Immer noch besser als Seidenmalerei, warf der Autor ein. Komm, gib ihr ein gutes Gefühl!

„Natürlich, Schatz. Für dein Wolkenbild brauchen wir etwas Klassisches, vielleicht sogar etwas Antikes."

„Findest du? Ich glaube ein moderner Rahmen passt besser zu den Farben."

„Na ja, wenn du meinst. Wir können es ja ausprobieren. Am besten, wir nehmen die Bilder mit und schauen mal, ob …"

Herrgott, lass Montag werden, dachte Johannes. Emily aber war Feuer und Flamme: „Das machen wir. Ich hol sie eben."

Sie stand auf, obwohl ihr Milchkaffee zu erkalten drohte, und begab sich auf die Suche.

Kannst du sie nicht einfach die Treppe runterfallen lassen? fragte Johannes den Autor verzweifelt. Die Antwort: Dann ist die Geschichte zu schnell zu Ende; aber ich könnte dir auf andere Weise helfen. – Wie das? – Wie wär's damit: Einer der Trödelhändler macht ihr schöne Augen, sie trifft sich heimlich mit ihm, dann brennt sie mit ihm durch und du könntest in Frieden – Na, ich weiß nicht, maulte Johannes, aber das mit dem Frieden, den ich dann haben werde, das klingt gut.

Emily rief aus dem Flur: „Mit wem sprichst du da, Schatz?"

„Ich? Ich habe mit niemandem gesprochen."

Damit gab sie sich zufrieden. Zwei Acrylbilder hatte sie gefunden: *Wolken* und *Berge im Sonnenlicht*.

„Ich weiß nicht, wo die *Meereswellen* sind", sagte sie resigniert.

Johannes wusste es. Er hatte die *Meereswellen* langsam und vorsichtig entsorgt. Sie waren scheußlich. Ohne Tiefe, ohne Kontraste. Ein paar blauweiße Acrylflecken, mit einem Stofftuch betupft, gezogen – schwupp, fertig waren die perfekten Wellen.

Der Autor drängte zur Eile.

„Dann lass uns los!" sagte Johannes.

Er lobte den Autor für die Doppeldeutigkeit seines letzten Satzes. – Lass mich mal machen, lieber Protagonist. Doch Johannes war ungehalten: Dann lass uns schnell in Elchingen ankommen. Nicht wieder diese überflüssigen Passagen: Zunächst nahmen sie die Landstraße, die sich über die Hügel schlängelte … Die Sonne schien unbarmherzig vom Himmel. Von wo denn sonst? Also, mach's kurz. Der Autor war einverstanden.

Emily freute sich, als sie an der Ortseinfahrt von Elchingen ankamen.

„Du, park doch hier vorne, dann gehen wir ein Stück zu Fuß", schlug sie vor. Sie parkten hier vorne und gingen ein Stück zu Fuß.

Johannes ließ Emily ihre Bilder selber tragen. Am Eingang des Trödels bot ein etwa sechzigjähriger Althippie Vinylplatten und Poster an. Er drehte sich gerade eine Zigarette.

Warum eine Selbstgedrehte? Voll das Klischee! Doch der Schöpfer blieb hart.

Der Händler grüßte kaum und befeuchtete die Klebekante seiner selbstgedrehten Zigarette behutsam mit der Zunge. Dann rollte er geschickt das weiße Papier und heraus kam eine geradezu perfekte Zigarette. Er nestelte in seinem verwaschenen Leinenjacket.

Bitte nicht noch mehr Klischee! bettelte Johannes. Fehlt nur noch, dass er kein Feuerzeug ...

Er zog eine Schachtel Streichhölzer hervor, setzte sich auf den Hocker vor dem Aristide-Briand-Poster, zündete das Produkt seiner Fingerfertigkeit an und nahm einen genussvollen Zug.

Es reicht, lieber Schöpfer! Jetzt nicht noch Qualmwölkchen, die sich scheinbar mühelos zum Himmel bewegten.

Die Qualmwölkchen bewegten sich scheinbar mühelos zum Himmel, bevor sie sich verflüchtigten.

Okay. Ich weiß. Jetzt kommt der unvermeidliche Kaffee.

Er drehte sich nach links, griff den Kaffeebecher, der schon bessere Tage gesehen hatte, und nahm einen Schluck.

Können wir bitte weiter? Ich hasse diese Stereotypen.

Die beiden gingen weiter. Emily war aufgrund der aufgerollten Acrylbilder, die sie vorsichtig mit beiden Händen umfasste, …

Gottseidank!

… nicht in der Lage, etwas von den dargebotenen Waren zu betasten oder gar aufzunehmen.

Bitte, Schöpfer, nicht!!!

„Halt mal eben", sagte sie mit einem Lächeln, „ich möchte mir diesen Kerzenständer ansehen."

Johannes wusste, dass es sinnlos wäre, ihr klarzumachen, dass sie genau das eben auch schon tun konnte: ansehen. Nein, er kannte das Ritual: Ansehen, anfassen, hochheben, drehen, kaufen. Das heißt, kaufen musste Johannes. Ob sich der Urheber dieser Zeilen noch an sein Versprechen erinnert, ging es Johannes durch den Kopf.

Johannes bat um eine Plastiktüte, in die er den Kerzenständer stecken konnte. Emily nahm ihm die Acrylbildrollen ab und händigte ihm den Kerzenständer in der Plastiktüte aus. Es war Johannes nicht unbemerkt geblieben, wie der Händler seine Frau anstarrte. War Emily verlegen? Nein, sie schaute dem Händler direkt in die Augen.

Johannes wandte sich ab und ging zum nächsten Stand. Im Augenwinkel sah er, wie der Händler Emily eine Visitenkarte hinhielt, die sie begierig entgegennahm. Sie studierte die Karte aufmerksam, etwas länger, als die wenigen Worte es erfordert hätten. Dann schaute sie den Händler freundlich an und sagte ein paar Worte, die Johannes nicht verstand, weil er mittlerweile schon zwei Stände weiter stand. Hier gab es Bücher und Zeitschriften: Der Erste Weltkrieg in Bildern, Marquis de Sade, eine angegraute Ausgabe des SPIEGEL lag oben: Mauerbau in Berlin.

Winter. Es war Sonntag. Johannes hatte sich einen Kaffee gekocht. Die Sonntagszeitung wartete. Mit

Wehmut und Erleichterung erinnerte er sich an die vergangenen Monate. Er hatte Emily sogar geholfen, ihre Farbtuben, Pinsel, Leinwände und eine neue Staffelei im Transporter des Händlers zu verstauen.

Danke, lieber Schöpferautor. Komm bitte zu einem friedlichen Ende.

Er setzte sich an den Tisch, schob die Kaffeetasse ein wenig zur Seite, schlug die Zeitung auf. Dann schaute er auf die Küchenwand und betrachtete eine Weile das Bild in dem klassisch-antiken Rahmen: „Wolken".

Georg reist

„Was würdest du uns empfehlen, Georg? Wir fahren nach Venedig, aber wir wollen nicht mehr als drei Tage in der Stadt verbringen."

„Habt ihr ein Auto da?"

„Nein, wir fliegen nach Venedig und haben drei Nächte gebucht. Für die restlichen vier Tage suchen wir noch was."

„Gut, dann nehmt den Zug nach Triest. Ihr müsst zuerst von Venedig Santa Lucia mit der Bahn nach Mestre, 10–15 Minuten etwa. Dann steigt ihr um und fahrt in zweieinhalb Stunden über Treviso, Conegliano, Udine und Gorizia bis Triest. Alte KuK-Stadt, italienisch, österreichisch und schon mit einem Hauch von Balkan. Slowenien und Kroatien sind nur einen Steinwurf entfernt."

Lisa und Hans bedankten sich höflich bei Georg.

Auf Georg konnte man sich verlassen. Er kannte alle Ecken Europas von Norwegen bis Griechenland, von Polen bis Portugal, obwohl er nur so eine kleine Postagentur betrieb. Alle staunten über seine Kenntnisse.

Irland? Kein Problem. Georg erzählte voller Stolz von The Burren, von Galway, von Connemara. Er kannte Fischer in Mayo im äußersten Nordwesten Irlands, wusste, wo man günstige Bed&Breakfast-Unterkünfte findet. Er war ein gefragter Berater, man traf ihn meist abends in seinem Stammlokal. Vor Reisen, aber auch, nachdem die Reisenden seinen Ratschlägen gefolgt und wieder wohlbehalten aus Asturien, Andalusien, Montenegro, Albanien oder Süditalien zurückgekehrt waren.

Georg war unverheiratet. Mit seinen 48 Jahren hielt er es auch für angebracht, sich lieber Reisezielen zu widmen statt eine Beziehung einzugehen.

Wie er sich verständige in all den Ländern, die er bereist hatte, hatten ihn Ratsuchende gelegentlich gefragt.

Meistens mit Englisch, aber für Spanien, Italien oder den Balkan müsse man sich schon ein wenig mit den Landessprachen beschäftigen, pflegte Georg dann zu antworten.

Das leuchtete den Fragern natürlich ein und es kam eine gewisse Bewunderung für den Mann aus der Postagentur auf, der meist etwas altmodisch gekleidet war. Sobald es warm genug war, trug er Flechtsandalen, die so aus der Mode waren, dass sie schon wieder als originell durchgehen konnten. Ein wenig aus der Mode, aber korrekt war er gekleidet, wenn er seine Kunden bediente. Ob er gemerkt hat, dass der eine oder der andere heimlich über den grünen Pollunder oder die dünne hellblaue Strickjacke spottete, die so gar nicht zu der pflichtgemäß umgebundenen roten Krawatte passte?

Was Reisen anbetraf, wusste er einfach Bescheid: Apulien? Unbedingt nach Lecce. Und natürlich das Bodenmosaik in der Kirche von Otranto.

Asturien? Nein, bloß nicht den Jakobsweg. Weiter südlich über Burgos von Süden zu den Picos de Europa.

Portugal? Unbedingt Porto, aber dann den Douro entlang mit der Eisenbahn. Zwei bis drei Stunden für maximal 14 Euro.

Mindestens viermal im Jahr war Georg nicht in seiner Postagentur. Und jeder wusste: Er wird wohl wieder unterwegs sein. Mit Billigflug, Bus und Bahn. Natürlich außerhalb der Saison. Im „Goldenen Reh" hatte er nur anklingen lassen, dass er sich sehr für Schottland interessiere. Vermutlich war er also in Schottland und könnte bei seiner Rückkehr wieder herrliche Geschichten erzählen. Von Tälern und Flüssen, von Wäldern, kleinen Dörfern, Whiskydestillerien und schottischer Küche. Geheimtipps. Er würde allen wieder nützliche Tipps geben können.

Als Georg den Eifel-Express in Blankenheimwald verließ, trug er einen riesigen Rucksack, der offensichtlich schwer war, was man daran erkannte, dass er ihn auf dem Weg zum Bus, der ihn nach Blankenheim brachte, mehrmals absetzen musste.

Im Gasthof „Rose" begrüßte ihn der Wirt mit der Freundlichkeit, die man einem Stammgast entgegen bringt:

„Einzelzimmer für 24 Euro mit Frühstück, wie immer?"

„Ja, natürlich."

„Also wieder Zimmer 4 mit Blick auf die Burg?"

„Ja, das wäre schön."

Georg pflegte nur kürzere Spaziergänge zu machen. Den Rest des Tages vertiefte er sich in seine Literatur. Und so hätte ein Beobachter aus seinem Heimatort den Postagentur-Inhaber Georg Schneider, 48, an einem Tisch in der Wirtsstube sitzen sehen können, vor sich einen Stapel von bunten Prospekten, Landkarten und Reiseführern.

„Oh, geht's diesmal nach Schottland?" fragte der Wirt, der ihm sein alkoholfreies Weizen brachte.

„Ja, in zwei Wochen. Hirschsaison in den Highlands."

„Zum Wohl!"

Georg drehte den Schottlandführer herum. Es sollte nicht jeder sehen, was er da las, am Ende würde er noch in ein Gespräch verwickelt werden. Außerdem las er gerade einen neuen Führer über Madeira, das war ihm wichtiger.

Dann kam sein Schnitzel.

Am vierten Tag erst griff er zu einem der vier Schottlandführer und war fasziniert von den herrlichen Bildern. Nachts träumte er vom Eileen Donan Castle und von der Isle of Skye. Er hörte sich im Schlaf reden, wie er einem seiner Bekannten die Sehenswürdigkeiten Edinburghs schmackhaft machte.

Als er morgens aufwachte, schaute er gedankenverloren auf Burg Blankenheim. Eigentlich schade, dachte er, vielleicht sollte ich es doch irgendwann einmal wagen, durch Europa zu reisen.

Heinrich

Er kochte Kaffee. Den kräftigen mit 80% Arabica. Herr Gruber, das wusste Heinrich, trank ihn am liebsten. Und immer schwarz.

Noch zehn Minuten. Gruber hatte sich noch nie verspätet. Heinrich stellte zwei Tassen auf den Couchtisch. Den hatte seine Mutter erworben. Aus dem Katalog. Vieles kam damals aus dem Katalog: Unterwäsche, Socken, Geschirr. Heinrich war zwölf, als der Couchtisch kam. Mutter war glücklich. Heinrich freute sich für sie, ohne recht zu wissen warum.

Wenn er sich bemühte, sah er noch jetzt, fünfzig Jahre nach Eintreffen des Couchtisches, die Gegenstände, die Mutter auf dem Tisch arrangiert hatte: die Kerze auf dem Deckchen, die Illustrierte und die kleine Etagere mit den drei nach unten größer werdenden Glasschalen, auf denen Gebäck platziert war. Oben das feine, in der Mitte Schokokekse, unten gröbere Plätzchen. Das Ganze erinnerte ihn an ein Gedicht Conrad Ferdinand Meyers. Hieß es nicht „Römischer Brunnen"? Wäre das Gebäck flüssig gewesen, hätte es von oben nach unten strömen können …

Es klingelte. Herr Gruber. Heinrich eilte, so schnell wie es sein Rheuma zuließ, zur Haustür und öffnete.

Wie bei jedem seiner vorigen Besuche grüßte Herr Gruber von der Alten Dresdner Versicherung mit einem geradezu übertrieben freundlichen Lächeln. Heinrich trat zur Seite, ließ Gruber vorangehen. Er kannte den Weg ins Wohnzimmer. Gruber nahm im Sessel Platz. Beim letzten Besuch war es um „die Hausrat" gegangen. Ja, Gruber sagte immer „die Hausrat", was Heinrich, den Belesenen, den Sprachgewandten amüsierte.

„Ich habe uns einen Kaffee gemacht."

„Das ist sehr freundlich von Ihnen."

„Milch und Zucker nehmen Sie ja nicht."

„Nein, richtig, immer schwarz."

„Ich hole eben die Kanne."

Während Heinrich in die kleine Küche ging, war er schon in Erwartung dessen, was Gruber beim Einschenken des Kaffees sagen würde: Schwarz wie die Nacht. Er würde es wieder sagen. Heinrich nahm die Kanne, trug sie vorsichtig ins Wohnzimmer und goss ein.

„Schwarz wie die Nacht", sagte Gruber.

Dann ließ sich Heinrich auf der Couch nieder. Auf dem Couchtisch lag ein Prospekt der ECO-Versicherung. Heinrich nahm ihn vorsichtig und steckte ihn in den Zeitungsständer neben der Couch. Sicher hatte Gruber bemerkt, dass Heinrich auch von ande-

22

ren Versicherungsgesellschaften Angebote einholte. Was Gruber nicht wusste, war, dass Heinrich Besucher von acht Versicherungsgesellschaften empfing, von fünf Mobilfunkanbietern und zahlreichen anderen Dienstleistern. Seit dem Tode seiner Mutter empfing er sie. Fast täglich.

„Vielen Dank."

„Gern, und wie geht es Ihnen, Herr Gruber?"

„Viel zu tun in letzter Zeit, wegen den Sturmschäden."

Wegen der Sturmschäden, korrigierte Heinrich stumm.

„Und selbst?"

„Kann nicht klagen. Die Kälte setzt meinem Rheuma zu."

„Dafür sehen Sie aber blendend aus."

„Ich mache ja auch täglich meine Übungen."

„Also wegen der Sterbeversicherung. Was hatten Sie sich da vorgestellt?"

„Ach, wissen Sie, Herr Gruber, man muss weiterdenken."

„Da sagen Sie was. Ich jedenfalls möchte nicht, dass meine Tochter, andere Verwandte oder auch

23

nur die Gemeinde hier im Falle meines Ablebens für mich aufkommen muss."

„Sehr weitsichtig von Ihnen!"

„Haben Sie Kinder, Herr Gruber?"

„Ja, eine Tochter. Sie studiert."

„Und was?"

„Sozialpädagogik."

„Haben Sie guten Kontakt zu ihr?"

„Na ja, sie besucht uns gelegentlich. Und telefoniert manchmal mit meiner Frau. Sie wissen ja, wie das ist."

„Nein."

„Na ja, sie nabeln sich ab, die Kinder."

„Auch so, ja, Abnabeln, das geht nur ganz oder gar nicht."

„Und in welcher Höhe wollen Sie sich absichern?"

„Ich dachte an Zwanzigtausend."

„Das ist gut. Wenn man bedenkt, was allein ein Sarg …"

„Trinken Sie doch Ihren Kaffee. Er wird ja ganz kalt."

Widerwillig griff Herr Gruber zu seiner Tasse und nahm einen Schluck.

„Wie heißt denn Ihre Tochter?"

„Ja, mh, Marie."

„Schöner Name, klassischer Name."

„Haben wir uns auch gedacht."

Gruber beugte sich noch einmal vor, nahm die Tasse, führte sie vorsichtig zum Mund und trank, nicht ohne Heinrich über den Tassenrand zu fixieren.

Die Standuhr zeigte zehn vor elf.

„Unser Dona-eis-pacem-Programm deckt alle Kosten ab, inklusive Trauerredner. Oder bevorzugen Sie eine christliche …"

„Wäre mir schon lieber. Ich habe den Kontakt zur Kirche zwar fast völlig eingestellt, seit bekannt wurde, dass es Pfarrer gibt, die …"

„Schreckliche Geschichten, da stimme ich Ihnen zu."

„Sind Sie denn religiös, Herr Gruber?"

„Wir haben kirchlich geheiratet und Marie natürlich taufen lassen."

„Natürlich."

Ein stechender Schmerz stellte sich ein, als Heinrich nach der Kaffeekanne griff. Er ließ sich nichts anmerken und schenkte nach.

Heinrich behielt die Zeit im Auge. Um dreizehn Uhr wollte jemand von der Hannover-Pro kommen. Um fünfzehn Uhr die sympathische Frau Teitinger von der Koblenz-Mayener. Arme Frau. Hatte Jura studiert, sich beim Praktikum in ihren Chef verliebt, von dem sie schwanger wurde. Natürlich hatte er sie verlassen, zahlte aber regelmäßig Unterhalt. Dann hatte sie das Studium aufgegeben, zwei Jahre als Pharmareferentin gearbeitet, was sie aber wegen des kleinen Sohnes nicht durchgehalten hatte. Die Tagesmutter verschlang einen großen Teil des Gehalts. Wenn man bedenkt, dass gerade die ersten Jahre eine Kindes …

„Dann wären wir also soweit klar."

Oh, Gruber war ja noch da. Heinrich bedankte sich für den Besuch, wünschte Herrn Gruber alles Gute. Gruber irritierte es, als Heinrich ihn bat, seine Tochter von ihm zu grüßen, nahm seine dünne Aktentasche, zwängte sich an Heinrich vorbei durch den engen Hausflur, stieg die sechs Stufen des Hauseingangs hinab, drehte sich noch einmal um, doch Heinrich hatte die Haustür schon geschlossen.

Heute noch zwei Besuche. Und morgen die Mobilfunkanbieter. Der Rest des Kaffees war mittlerweile ganz kalt.

Die Fähre

Dunkel schob sich der Fluss am Ufer vorbei, um nach wenigen Metern in die Tiefe der Nacht einzutauchen. Ein gegenüberliegendes Ufer war nicht zu erkennen. Oder doch? War das Dunkel noch der Fluss oder schon die Umrisse des anderen Ufers?

Jedenfalls musste die Fähre bald kommen.

Der junge Mann sah nicht gut aus. Dem Manager, der schon eine geraume Weile am Fluss stand, waren sofort beim Eintreffen des jungen Mannes Narben im Gesicht aufgefallen. Er selbst hatte seit Jahren in verantwortungsvoller Position die Geschicke von Hartmann&Söhne geleitet. Und sich nie geschont. Seine Familie hatte er wenig gesehen, doch immer gut für sie gesorgt. Und als seine Tochter Isabella ihr Studium in Heidelberg aufgenommen hatte, war er da nicht persönlich zu den Immobilienmaklern gefahren? Ja, er hatte Isabella die Zweizimmerwohnung gekauft. Geschenkt.

Immer wieder betrachtete er die Narben des jungen Mannes. Trotz der Dunkelheit erkannte er, dass sie noch recht frisch waren. Sollte er fragen? Zu indiskret.

Der junge Mann kam ihm zuvor: „Wann ist die Fähre denn rüber?"

Der Manager sagte: „Das muss schon eine Weile her sein. Ich warte auch schon eine Zeitlang, dass sie zurückkommt."

Ein Priester, der etwas abseits stand, kam näher und nahm an dem beginnenden Gespräch teil: „Sie fährt regelmäßig. Ich habe sie zwar nicht gesehen, aber ich weiß, sie kommt regelmäßig."

Nun stellte sich der Manager vor: „Mein Name ist Andresen. Paul Andresen." Fast hätte er noch den Firmennamen hinterhergeschoben. Aber das war jetzt nicht mehr wichtig.

Langes Schweigen.

Der junge Mann beendete die Stille: „Ein wenig Warten macht doch nichts. Was bedeutet schon das Warten hier auf die Länge des Lebens."

„Sehr klug", warf der Priester ein, „warten wir nicht alle unser ganzes Leben?"

Eine junge Frau kam, wie aus dem Nichts, und schaute sich unsicher um.

„Kommen Sie doch näher!" forderte der Priester sie auf, „wir warten gemeinsam auf die Fähre."

„Ich nehme an, Sie wollen auch rüber?" Es war Andresen, der diese Worte sprach. Dann fragte er die junge Frau: „Haben Sie sich um die Fährzeiten gekümmert? Wir warten nämlich schon länger."

„Wir wollen alle hinüber", sagte der Priester, „kommen Sie. Gemeinsam wartet es sich leichter."

Jetzt erst, nachdem sie sich erneut lange umgeschaut hatte, sagte sie:

„Vielleicht ist das gar nicht die Anlegestelle."

Der Priester zeigte auf Spuren am Ufer: „Sehen Sie doch! Die sind ganz sicher von der Fähre! Wenn sie anlegt und die Leute aufnimmt."

Alle versuchten, in der Dunkelheit die Spuren zu erkennen, doch auch der junge Mann war skeptisch: „Das könnten auch andere Spuren sein. Vielleicht gibt es an anderen Stellen weitere Fähren. Ich heiße übrigens Niederhaus, Sven Niederhaus."

„Seyfert", stellte sich der Priester vor.

Alle schauten erwartungsvoll auf die sehr blasse junge Frau. Sie verstand sofort und nannte ihren Namen: „Katharina Rogoff."

„Es kommt mir wie eine Ewigkeit vor," rief Andresen, „was machen die nur so lange auf der anderen

Seite? Und müsste man nicht etwas hören? Wenigstens dumpf?"

Es war Seyfert, der ihn belehrte: „Sehen Sie sich doch um. Die Dunkelheit, der Nebel. Das dämpft doch jedes Geräusch. Jetzt habt doch mal Vertrauen. Die Fähre kommt."

„Wo?" riefen Sven und Andresen fast gleichzeitig. „Ich meine, sie wird kommen", korrigierte sich der Priester.

Nun machte Andresen einen Vorschlag: „Solange wir hier warten, könnten wir uns doch hier niederlassen und uns die Zeit mit Gesprächen vertreiben. Es kann ja vielleicht noch etwas dauern."

Katharina schien sich unwohl zu fühlen: „Warten, warten, warten. Ich habe mein ganzes Leben gewartet. Auf irgendetwas. Und auf irgendjemanden. Ich muss auf die andere Seite. Vielleicht ist es dort besser."

„Ganz sicher ist es dort besser", sagte Seyfert.

Andresen und Sven hatten sich auf einem morschen Baumstamm niedergelassen, auch Seyfert suchte sich einen Platz. Nur Katharina blieb stehen.

Der Priester, bemüht, das Gespräch in Gang zu halten, sagte: „Jeder könnte doch etwas aus seinem Leben erzählen. Heiteres oder Ernstes. Egal. Wir sind ja jetzt so etwas wie eine Schicksalsgemeinschaft." Er schaute Sven an. „Herr Niederhaus, fangen Sie doch einfach an."

„Ich weiß nicht. Ja, okay. Ich liebe Autos und mit Freunden tune ich die."

„Tunen?" fragte der Priester.

„Ja, wir optimieren Autos, machen sie schneller, verändern die Karosserie und so."

„Ist das nicht gefährlich? Und Sie, Herr Andresen? Darf ich Paul sagen? Nennen Sie mich einfach Jakob", sagte der Priester.

„Nun ja", begann Andresen, „ich habe mein Leben einer Firma gewidmet …"

„Ich auch!" unterbrach ihn der Priester und lachte über seinen Scherz.

Andresen fuhr fort: „Ich habe zu wenig auf meine Familie und meine Gesundheit geachtet. Oft hatte ich eien Schmerz in der Brust."

Sven fragte nach: „Und jetzt? Spüren Sie den Schmerz noch?"

„Überhaupt nicht. Merkwürdig."

Katharina kam näher. Nach kurzem Zögern setzte sie sich neben Sven auf den Baumstamm und hörte aufmerksam zu. Dann stockte das Gespräch eine Weile.

„War da was?" rief Sven, „die Fähre?"

„Ich glaube, wir sind falsch hier", sagte Andresen, „Herr Sey…, Jakob, was meinen Sie?"

Jakob war stiller geworden. Er wartete schon lange auf die Fähre. Der Magenkrebs fiel ihm ein, die Chemotherapien. Er musste hinüber, auch wenn er noch lange warten müsste. Dort drüben warteten doch alle auf ihn.

Isabella war schon am Vortag aus Heidelberg angereist, trotz der anstehenden Klausur, als ihre Mutter sie angerufen hatte. Nun stand sie da und schaute in die Öffnung hinab. Sie warf die Rose auf den Sarg und entfernte sich langsam. Weinend.

Vereins-Heim. Etwas später

Der alte Mann ging langsam. Erinnerte sich. Hier stand das Vereinsheim. Er grübelte: Verein und Heim. Man traf sich zum Feiern. Man trank. Likör die Frauen. Pils und Wacholder die Männer.

Hinter der Eingangstür ein schwerer Vorhang, dick wie drei Pferdedecken, an den Rändern mit kräftigem schwarzen Leder gesäumt. Erst wenn man diesen Vorhang – Windfang? – Schleuse?, der die eine Welt von der anderen trennte, zur Seite geschoben hatte, betrat man den Schankraum.

Da saßen sie stets an Wochentagen, die Grubenarbeiter, ihre Kehlen rau, ihre Gesichter und Hände nicht ganz sauber, denn auch Kernseife hatte es nicht vermocht, den kleinen, feinen Kohlenstaub zu entfernen. Ihre Gesichter zeigten schon damals die Sorge um das Sterben ihrer Grube und ihrer Brikettfabrik.

Und da saß Tandoris Doof. Er war nicht „doof", sondern „taub", was im rheinischen Dialekt dasselbe bedeutete. Tandori war eben taub und nicht stumm. Wenn er, sagen wir „sprach", klang die Bestellung wie „No ai Biea". Als junger Mann hatte der Alte das erheiternd gefunden und er erinnerte sich, wie oft Tandoris Doof nachgeäfft wurde.

Aber Tandori hatte eine Fähigkeit, die die einen lustig, die andern geheimnisvoll fanden. Auch wenn er völlig taub war, spürte er, fühlte er, selbst wenn er den andern mit dem Rücken zugewandt an der Theke saß, wenn man über ihn sprach. Dann pflegte er sich umzudrehen und mit dem Zeigefinger der rechten Hand hin und her zu wedeln, als Warnung, Drohung. Sofort verstummte jedes Gespräch.

Der Alte setzte seinen Weg fort. Dort, ja genau dort war die Unterführung, über die das „Horremer Bähnchen" fuhr, das die Arbeiter aus Köttingen und Türnich zu den Fabriken und Kohlegruben brachte. Warum hat man die Brücke abgerissen? War wohl baufällig. Der Alte zerlegte das Wort in seine Bestandteile: bau – fällig. Baufällig. Merkwürdiges Wort.

Jakobs Weg

Eine Geschichte braucht eine Hauptfigur. Mit Ihrem Einverständnis nennen wir sie Jakob, männlich, 46, deutsch. Wir lassen ihn nach Nordspanien, genauer nach Santander fliegen. Von dort wird er einen Bus nehmen, der ihn über San Vicente nach etwa zwei Stunden nach Potes bringt. Welche Jahreszeit wählen wir? Ja, April ist angemessen, zumal seine persönliche Katastrophe dann einen Monat her ist.

Etwas kühl ist es, dafür wenig touristenträchtig, als er in Potes ankommt. Er nimmt sich ein Zimmer in einem preiswerten Hostal, obwohl seine finanziellen Verhältnisse durchaus etwas Teureres zugelassen hätten. Er genießt es für Augenblicke, über die Brücke zu gehen, die leeren Restaurants zu sehen, die in den Sommermonaten überfüllt sind. In einem dieser Restaurants nimmt er sein Abendessen ein. Natürlich holen ihn auch hier, vielleicht gerade hier, seine dunklen Gedanken ein.

Es ist nicht der Camino de Santiago, der ihn hierhin zog. Es sind die mächtigen Gipfel der Picos de Europa. Aber sein eigentliches Ziel – und jetzt müssen Sie mir freie Hand lassen – ist das Kloster, das *Monasterio Santo Toribio de Liébana*, nur drei Kilometer oberhalb von Potes. Das Monasterio beherbergt und hütet seit Jahrhunderten die faszinierendste Reliquie der Christenheit, die größte noch erhaltene Kreuzesreliquie, eingefasst am Fuß eines goldenen Kreuzes. Auf sie hatte er es abgesehen.

Sind Sie einverstanden, wenn wir Jakob auf seinem Weg begleiten? Er sollte, das ist sicher auch Ihre Meinung, zu Fuß gehen. Für das, was er vorhat, wäre eine Taxifahrt zu profan.

Vorbei am Busbahnhof von Potes geht er auf die leicht ansteigende Straße, die nach Fuente Dé führt. Nach nur wenigen Minuten lassen wir Jakob die Straße überqueren. Schon von hier aus sieht er die Gebirgskämme der Picos. Wir gestalten das Wetter angenehm, sagen wir, in diesen frühen Morgenstunden sind es gerade einmal 11 Grad. Es ist sonnig.

Der erste Wegweiser: Santo Toribio. Nun führt ein breiter Pfad parallel zur Landstraße stetig aufwärts, windet sich einige Male und endet an einer offensichtlich frisch asphaltierten Straße, an deren Rand sich ein grün gefärbter Fußgängerweg befindet. Jakob geht langsam. Die Gedanken sind wieder da. Keine Anzeichen eines Klosters. Weiter. Noch drei Biegungen. Ja, da liegt sie, die gewaltige Klosteranlage. Noch wenige hundert Meter. Niemand ist zu sehen. Sollte es Jakob vergönnt sein, den Kreuzgang, den Innenhof, die Kirche allein betreten zu dürfen?

Nein. Dort, an der *Puerta de Perdón*, der Pforte der Vergebung, stehen zwei junge Männer und eine junge Frau. Die Jakobsmuschel an ihren Rucksäcken weisen sie eindeutig als Pilger aus, die den Abstecher des Jakobswegs zum heiligen Toribio genommen haben; vielleicht, ebenso wie unser Protagonist, von der Kreuzesreliquie angezogen.

Es sind Deutsche wie er. Soll er ihnen anbieten, sie durch die Anlage zu führen, mit der er sich seit Wochen beschäftigt hat, seit sein Leben diese Wendung genommen hat? Er verwirft den Gedanken sofort. Doch dann kommt einer der drei, etwa 24 Jahre alt, auf ihn zu und versucht sich in Spanisch: „*Perdón …, sabe usted, donde es …*" Er dreht sich zu seinen Gefährten um: „Was heißt ‚Landkarte' auf Spanisch?"

Jakob hilft ihm: „*Mapa* – aber Sie können Deutsch mit mir sprechen."

Der junge Mann lacht. „Wir suchen die Abbildungen des Hl. Beatus von Liébana, die Weltkarte wissen Sie, auf der …"

„Kommen Sie ein Stück mit, ich zeige Ihnen den Eingang zum Innenhof. Dort finden Sie einige merkwürdige Darstellungen. Schauen Sie sich vor allem die Darstellung des Bergs Zion an. Verweilen Sie davor. Sie werden staunen."

Die beiden anderen jungen Leute waren nun dazugekommen und betrachteten Jakob mit einer Mischung aus Dankbarkeit und Skepsis.

Auf dem kurzen Weg zum Claustro stellte sich der erste vor: „Ich heiße Michael, wir wollen nach Santiago de Compostela."

Nachdem sich auch Claudia und Steffen vorgestellt hatten, nannte Jakob ihnen seinen Namen. Ein leichtes Lächeln war auf Claudias Gesicht zu erkennen und sie konnte es sich nicht verkneifen, von „Jakobs Weg" zu sprechen. Offenbar gefiel ihr das Wortspiel. Sie konnte nicht wissen, dass dies in der Tat Jakobs ganz besonderer Weg war.

„Sie wollen also auch nach Santiago?" fragte sie.

„Um Himmelswillen!" entfuhr es Jakob zum Erstaunen seiner neuen Begleiter.

„Und was ist so schlimm an Santiago de Compostela?" wollte Michael wissen.

Jakob wehrte sich nach Kräften gegen die Versuchung, einen längeren Monolog über den Jakobsweg zu halten. „Rummel" wäre darin vorgekommen, „untheologisches Getue" hätte er gesagt, „bar jeder Tiefe". Aber er schwieg, bat seine neuen Bekannten, ohne ihn die Bilder des Heiligen Beatus zu betrachten. Er werde auf sie warten und – Jakob zeigte auf eine Steinbank – ihnen gern später Auskunft geben.

Dann ging er – wir sind schon länger zum Präteritum übergegangen, auch wenn Sie es vielleicht erst jetzt bemerken – allein in die Kirche, die auch jetzt noch menschenleer war, schritt zum Seitenschiff, das durch ein hohes Gitter versperrt war. Sein Blick fiel auf das Goldkreuz. Auf das Stück Holz am Fuß des Kreuzes.

Mit beiden Händen griff er die Gitterstäbe und rief, nein, schrie: „*Eli, Eli* – mein Gott, mein Gott – *lema sabachtani* – warum hast du mich verlassen?"

Die Worte hallten durch den Kirchenraum. Jakobs Versuch, an den Gitterstäben zu rütteln, scheiterte. Nichts bewegte sich, zu stark war der Widerstand. Er konnte nicht hindurch. Auch die eiserne Tür gab keinen Millimeter nach, obwohl er mit aller Kraft dagegentrat.

Er schaute durch die Stäbe. Wieder fiel sein Blick auf das Goldkreuz, das Pilger seit Jahrhunderten anbeteten. Jakob sank auf die Knie, ohne die Gitterstäbe loszulassen. Wieder versuchte er, an dem kalten Eisen zu rütteln. Wieder bewegte sich nichts.

„Ja, schweig nur." Tränen flossen über seine Wangen.

Wie lange mag er dort verweilt haben? Er hörte Stimmen. Deutsch. Er erhob sich, wischte sich die Tränen aus dem Gesicht und verließ die Zisterzienserkirche.

Langsam schritt er auf die Steinbank zu, wo bereits die drei jungen Pilger Platz genommen hatten.

„Fantastisch!" rief Steffen ihm entgegen, „die Bilder im Claustro!"

Erstaunt sahen sie, wie Jakob sich im Schneidersitz vor ihnen auf dem Boden niederließ. Noch erstaunter waren sie, als er sprach:

„Gott verlangte allen Ernstes von Abraham, seinen einzigen Sohn zu opfern. Ein Gott der Gewalt und der Rache. Hiob hielt an ihm fest."

Jakob hielt inne. Die jungen Leute schauten sich ratlos an. Es war Claudia, die unter einem Vorwand zum Aufbruch mahnte. Sie verabschiedeten sich von Jakob. Er ließ sie ziehen.

Es ist Zeit, dachte er, ich muss zurück. Ich habe IHM gesagt, was ich sagen musste. Er war natürlich stumm geblieben, stumm, wie vor einem Jahr, als die Diagnose, die man seiner Tochter stellte, ihn aus der Bahn geworfen hatte. Ich muss zurück, ich muss zum Sechswochenamt wieder in Deutschland sein, mich um ihr Grab kümmern, dachte er.

Reisefinanzierung

In Avignon war es am schwersten. Die Gassen waren zwar eng genug, der Fluchtweg ideal und die Touristenmassen ließen ein müheloses Einfangen zu, aber das Einfangen und Ausrauben des Diebes wurden häufig von gutmeinenden, meist deutschen oder niederländischen Touristen gestört.

In Bonn, in einem Café unweit ihrer Universität, hatten sie sich zum ersten Mal getroffen, um sich Simons Plan anzuhören. Ein einfacher Plan, ganz praktischer Natur. Bei einer Fahrt am Anfang der Oberstufe mit seinem Lateinkurs nach Rom hatte man ihm Handy und Portemonnaie gestohlen, beides hatte er unvorsichtigerweise auf dem blauen kleinen Metalltisch eines Cafés abgelegt. Und während er seinen Kommilitonen den Diebstahl in allen Einzelheiten beschrieb (... wahnsinnig schnell ... überrascht ... keine Chance hinterherzulaufen ... der Stress, bis der neue Personalausweis ausgestellt war ...), hatte er schon dieses Grinsen im Gesicht gehabt.

Sein Plan war genial. Die erste Reiseroute in den Semesterferien sollte über Brüssel, Paris, Avignon, Barcelona und Madrid bis nach Lissabon führen. Alle waren von dem Plan fasziniert gewesen. Die ganze Reise würde sie fast keinen Cent kosten, hatte Simon ihnen versichert. Jeder sollte 100 Euro als Reserve einstecken, das Ticket von Bonn nach Brüssel sei die einzige nennenswerte Ausgabe. Ihres eigenen Geldes jedenfalls.

Und Brüssel lief gut. Viele Touristen aus England und den Niederlanden machten hier Halt auf ihrem Weg in den Süden. Geeignete Opfer. Ideale Bedingungen für Simon und sein Team. Simon nahm auf dem *Grande Place*, dem *Grote Markt*, an einem der Tische im Freien Platz. Natürlich erst am Nachmittag. Nur dann war schon genug Geld in der Kasse, auf die sie es abgesehen hatten. Simon war zwar der Ideenreiche, aber auch der Unsportlichste des Neunerteams. Seine Aufgabe war deshalb das Sitzen.

Seine acht Kollegen hatten sich jeweils zu zweit an den vier Ausgängen des *Grote Markt* postiert. Sven und Florian am südlichen Ausgang zur *Marché au Charbon*, Jakob und Thomas, die beiden Basketballer, am nördlichen Ende. Justus, der Schwimmer, und Niklas, ein talentierter Leichtathlet, blockierten den Ausgang an der *Rue l'Étuve*. Für Jonas und Jan, beide kräftige Leistungsschwimmer, blieb die noch verbleibende Ecke eines möglichen Fluchtwegs.

Nun legte Simon, nachdem er sich über Whats-App versichert hatte, dass alle ihre Positionen eingenommen hatten, seine Geldbörse, aus der ein 50-Euro-Schein lugte, gut sichtbar auf den Tisch. Schräg darüber sein Nokia-Handy, ein älteres Modell.

Nun hieß es warten und Kaffee trinken. Simon amüsierte sich über das vielsprachige Stimmengewirr an den Nachbartischen. Und dann näherte er sich, ein nicht sehr großer, eher unauffälliger Jugendlicher von etwa 17 oder 18 Jahren. Er tat so, als betrachte er die Fassaden der wunderschönen Gebäude und griff zu. Handy und Geldbörse mit einem gekonnten, vielleicht auch geübten Griff. Dann ging er eilends weg. Nach etwa 150 Meter bog er links ab.

Simon nahm in aller Ruhe einen Schluck des exzellenten belgischen Filterkaffees. Es waren vermutlich Engländer, die vom Nebentisch her riefen: „He has taken your things!"

Simon wurde klar, dass sie in Paris die Methode etwas verfeinern müssten. Um sich nicht verdächtig zu machen, müsste er wenigstens entsetzt tun und dem Dieb ein Stückchen hinterherrennen. Auch könnte es ja einem der anderen Cafégäste aufgefallen sein, dass er ein zweites Handy besaß, mit dem er kurz zuvor eine Nachricht verschickt hatte.

Mittlerweile hatten Sven und Florian sich des Diebes angenommen. Sie hielten ihn fest und schoben ihn ein Stück weiter in eine Hofeinfahrt. Auch sie zeigten eine gewisse Geschicklichkeit, als sie in aller Ruhe die Taschen des Diebes leerten. Von den drei Handys interessierte sie nur das alte Nokia von Simon, das ja noch oft gebraucht werden würde. Mittlerweile waren Jakob und Thomas dazugekommen,

43

um den beiden die Arbeit zu erleichtern. Es waren etwa 650 Euro, die sie dem jungen Dieb abnahmen. Sie drohten, ihm ins Gesicht zu schlagen, nahmen aber davon Abstand und ließen ihn laufen. Wie sollte er auch zur Polizei gehen? Was hätte er den Beamten sagen können?

Zum Erstaunen der Gäste am Nebentisch zog Simon einen 10-Euro-Schein aus seiner Jeans, winkte dem sofort heraneilenden Kellner und verließ das Café. Keine hundert Meter weiter nahm er wieder Platz. Ein anderes Café, welches, das war ihm völlig gleichgültig. Diesmal bestellte er ein Bier.

Es war Jakob, der ihm seine Geldbörse und das alte Handy unauffällig zusteckte. Das Team hatte sich darauf geeinigt, jeweils nur zweimal in derselben Gegend zuzuschlagen; es könnte ja durchaus sein, dass die Diebe zusammenarbeiteten und sie sich so der Gefahr aussetzten, von Kollegen des Diebs oder gar einem ganzen Clan attackiert zu werden.

Auch für diesen Fall hatte Simon einen Plan. Er würde nach der Polizei rufen, denn welcher der Diebe würde der Polizei erklären, dass er bestohlen worden sei? Und welcher Polizist würde einem der wahrscheinlich schon polizeibekannten Diebe glauben? Außerdem hatte Simon darauf bestanden, nach der Tat die Positionen zu wechseln, denn der Bestohlene würde seine Kollegen sicherlich zunächst dorthin führen, wo er bestohlen worden war.

Das Bier schmeckte ausgezeichnet. Simon nahm ein Buch aus dem Rucksack und begann zu lesen. Dann legte er Handy und Geldbörse wieder ordnungsgemäß auf den Tisch. Mittlerweile war es sechs Uhr abends geworden, die Sonne war hinter den mittelalterlichen Fassaden verschwunden. Der *Grote Markt* war immer noch voller Menschen und zeigte sich von seiner schönsten Seite. Simon las ein wenig in Stefan Zweig Novellen; er hatte gerade mit „Brennendes Geheimnis" begonnen, als ein ungepflegter zirka 40-Jähriger in Jeans, hellbraunem Kunststoffjäckchen, aber blinkend weißen Sportschuhen nach den Gegenständen auf dem Tisch griff und sich rasch, aber ohne Hast durch die Touristenmenge zwängte. Simon lächelte, als er sah, dass Jan und Jonas ihm in nur wenigen Metern Abstand folgten. Zu seinem Pech ging oder besser eilte der Dieb mit den weißen Turnschuhen in Richtung *Rue l'Étuve*, wo er von Justus und Niklas festgehalten wurde.

Zu viert schoben sie den völlig perplex Stammelnden weiter, bis sie eine ruhige Seitenstraße erreicht hatten. Als der Dieb, der natürlich nicht um Hilfe schrie, versuchte zu entkommen, blieb Niklas nichts anderes übrig, als ihm einen festen Schlag in die Magengrube zu versetzen. Und Niklas konnte schlagen. Schon als der Arme sich krümmte, ragten Geldscheine aus dem dünnen Jäckchen. Die Freunde staunten nicht schlecht, als sie ein ganzes Bündel 500-Euro-Scheine fanden. Sie hatten wohl einen Profi erwischt. Außerdem ein Klappmesser, das Justus mit einem gezielten Wurf in einem Gulli versenkte. Neben weiteren 800 Euro in unterschiedlicher Sortierung nahmen sie ihm den Pass und ein Röhrchen mit gelblichen Pillen ab. Die Tabletten haben sie später in einer Zeitung versteckt entsorgt. Simons altes Nokia-Handy und ihre Lockvogelgeldbörse steckte Justus in die Tasche. Ein weiterer Schlag in den Magen beschäftigte das Opfer eine Zeitlang. Wäre der Typ ihnen hinterhergegangen, hätte er sie am Bahnhof *Bruxelles Midi* gesehen, wo sie jeweils etwa 50 m voneinander entfernt einzeln auf die Einfahrt des Thalys nach Paris warteten. Im Zug trafen sie sich im Bistro und vereinbarten, in Paris in verschiedenen Hotels einzuchecken und sich am nächsten Tag gegen 13:00 Uhr vor Sacré-Coeur zu treffen.

Paris war auch erfolgreich, Avignon, wie erwähnt, etwas weniger, aber den größten Coup machten sie in Barcelona. Wären sie an Schmuck interessiert gewesen, sie hätten steinreich werden können.

Die Sache hatte geklappt, die Reise allen Spaß gemacht. Was lag näher, als es im kommenden Jahr noch einmal zu versuchen? Bald wurde der gemeinsame Sommerurlaub eine Art Tradition, eine Männer-Reise durch Europa. Wie das alte Freunde eben so machen. Wenn sie alle genügend Geld verdienen würden, so nahmen sie sich vor, würden sie die Beute für einen guten Zweck spenden. Vielleicht nicht alles, aber bestimmt einen großen Teil.

Lukas eins, zwei, drei, …

Lukas eins

Maria lag in den Wehen. Noch etwa 2 Stunden, dann sei es soweit, hatten die Ärzte ihr und Jakob gesagt. Wie fast alle modernen Männer wollte Jakob Müller bei der Geburt seines Kindes zugegen sein. War es Pflichtgefühl? Echte Anteilnahme? Er war jedenfalls dabei.

21. April, 17:34 Uhr, notierte die Hebamme auf ein bereitliegendes Klemmbrett. Der Geburtstermin. Lukas sollte der Junge heißen, Lukas, klassisch, biblisch, keine modernistischen Namen. Bitte nicht. Einfach nur Lukas. Lukas Müller.

Jakob hatte seinem Chef zugesagt, am 22. April die Kunden aus Süddeutschland abends in die Altstadt zu führen. Er würde tagsüber versuchen, seine Frau und das Baby, Lukas, seinen Lukas zu besuchen.

Die Kunden kamen einige Stunden zu früh. Ich kann leider … Ja, natürlich, … Ich weiß, Schatz, aber … Morgen, ja morgen, ganz früh, noch bevor ich ins Büro … Er trinkt schon kräftig? … Super … Bis dann, Schatz …

Im Kindergarten fühlte sich Lukas sehr wohl. Die Erzieherinnen förderten sein Interesse, schon sehr früh Buchstaben zu formen. Mit vier Jahren schrieb Lukas nicht nur seinen Namen, sondern auch die Namen der anderen Kinder in seiner Gruppe: *Anna-Lena* schrieb er mit einem *n*, gut, dafür war *Jonas* völlig korrekt, auch *Roland* sah auf dem Papier ziemlich richtig aus. *Konstantin* konnte er nur bis *Kon*. Dann verließ ihn der Mut.

Alle Kinder in ihrem Wohngebiet nahmen an der musikalischen Frühförderung teil. Also auch Lukas. Er sollte Geige lernen.

Er konzentriert sich nur auf das, was ihn interessiert, sagte Frau Biesenbach-Holzinger, seine Lehrerin in der zweiten Klasse der Rheinallee-Grundschule. Aber im Helmholtz-Gymnasium startete Lukas durch. Mit 14 programmierte er zum Erstaunen seines Informatiklehrers, Herr Seidel, einen selbstfahrenden Bus.

Das Modell stand noch während seiner Studienzeit in Marburg neben dem Rechner in seiner Studentenbude. Auch wenn er BWL seinem Vater zuliebe studierte, waren seine Leistungen überragend. Seine Interessen konnte er dennoch intensiv verfolgen, obwohl seine Mutter ihm gegenüber nicht zugab, dass sie seine Segelflugambitionen ängstigten. Gegen den Fechtclub hatte sie nichts einzuwenden. Dort, im akademischen Fechtclub, lernte er Maximiliane erkennen.

Schon ein Jahr, nachdem Lukas bei Rensenbrinck & Partner eingestiegen war, erkannte man seine Führungsqualitäten und übertrug ihm den angelsächsischen Raum.

Die Hochzeit mit Maximiliane war unspektakulärer als Jakob und Maria es für ihren Sohn gewünscht hätten, aber die Schwiegereltern, Dr. Haunstein und seine Frau Edeltraud, bestanden auf einer kleinen Hochzeit auf Schloss Obertörl. Mit irgendwelchen Freunden und Geschäftspartnern, so Dr. Haunstein, könnten sie ja immer noch feiern.

Maximiliane richtete das Haus, das ihr Vater den Frischvermählten ausgesucht hatte, geschmackvoll ein. Nach drei Jahren Ehe wurden Dr. Haunstein, aber auch Jakob ungeduldig. Man könne doch, auch wenn Maximiliane weiter in der Kanzlei arbeitete, ein Enkelkind durchaus ... Schließlich gebe es doch auch gebildete Tagesmütter, die ...

Die Thermik war prächtig, der Segelflug hätte durchaus bis hoch nach Sylt gehen können. Aber vielleicht war Lukas einfach übermüdet. Jedenfalls hätte er bei dieser Sicht eine Kollision vermeiden können.

Lukas zwei

Maria lag in den Wehen. Noch etwa zwei Stunden, dann sei es so weit, hatten die Ärzte ihr und Jakob gesagt. Wie fast alle Männer wollte Jakob Müller bei der Geburt seines Kindes zugegen sein. Er hatte sich diesen Tag frei genommen.

21. April, 17:34 Uhr, notierte die Hebamme auf ein bereitliegendes Klemmbrett. Der Geburtstermin. Lukas sollte der Junge heißen, einfach Lukas. Lukas Müller.

Sein Chef hatte Jakob gebeten, am 22. April die Kunden aus Süddeutschland abends in die Altstadt zu führen. Jakob war unschlüssig. Sollte er seinem Chef absagen? Er wollte schließlich seine Frau und das Baby, den kleinen Lukas, besuchen.

Die Kunden kamen einige Stunden zu früh. Du, Schatz ... diese blöden Kunden sind schon hier ... aber ich versuche trotzdem zu kommen ... kein Problem … er trinkt schon kräftig? … Wunderbar … ich komme heute Nachmittag gegen 16:00 Uhr auf jeden Fall vorbei.

Im Kindergarten fühlte sich Lukas sehr wohl. Die Erzieherinnen förderten ihn, wo sie konnten. Auch als er schon sehr früh Buchstaben formen wollte, hinderten sie ihn nicht daran. Mit vier Jahren konnte Lukas seinen Namen schreiben. Aber auch die Namen der anderen Kinder in seiner Gruppe: *Sven* sah noch etwas ungelenk aus, *Ahmed* konnte er überhaupt nicht schreiben, bei *Giovanni* schrieb er das, was er hörte. Es sah aus wie *Schofanni*.

Die Frage der frühkindlichen Musikförderung war für Jakob und Maria Müller kein Thema. Es sollte einfach nur Kind sein. Wenn er später Lust habe, ein Instrument zu spielen, dann werde man ihm das ermöglichen.

Nach der vierten Klasse kam die Frage: Gymnasium, Gesamtschule, Realschule? Die Müllers fragten die Grundschullehrerin. Sie riet, ihn auf die Gesamtschule zu schicken. Dort könne er lernen, mit anderen umzugehen. Das Gymnasium habe doch etwas Elitäres. Schließlich habe die Gesamtschule ja auch einen gymnasialen Zweig und wenn Lukas gut zurechtkäme, könne er doch auch dort Abitur machen.

Die Willy-Brandt-Gesamtschule hatte etwa 950 Schüler. Die Schule hatte gerade das Zertifikat „Schule ohne Rassismus" bekommen. Zahlreiche Auslandskontakte der Schule ermöglichten den Schülern, schon sehr früh sich mit anderen Ländern auseinanderzusetzen. Lukas nahm an der Aktion „Wir sind eine Welt" teil.

Es nervte ihn ein wenig, dass seine Mutter, Maria, ständig fragte, neben wem er denn in der Schule sitze. Voller Stolz erzählte Lukas, sein Nachbar sei ein Junge aus Bosnien, der Matic. Der sei total nett, auch wenn er nicht alles verstehe, was er sagt. Er könne ihm bei den Deutschhausaufgaben helfen, hatte er seiner Mutter gesagt.

Nach der zehnten Klasse ging Lukas in die Karl-Schiller-Schule. Duale Ausbildung. Mechatroniker wollte er werden. Und Mechatroniker wurde er. Zahlreiche Bewerbungen hatte er schon geschrieben. Nur Absagen. Doch dann kam die Einladung zum Bewerbungsgespräch. Einige Tage trainierte er mit seinem Vater Jakob Formulierungen, die ihm die Einstellung bei der Großmann KG ermöglichen sollten. Das Gespräch verlief gut. Lukas wurde befristet eingestellt. Dort lernte er auch Hanna kennen, die kleine Brünette aus der Buchhaltung.

Die spätere Festanstellung bei Großmann wurde

gefeiert und erste Pläne für die Hochzeit geschmiedet. Alle Verwandten und Freunde waren eingeladen. Gefeiert wurde im Vereinsheim des Fußballklubs, in dem Lukas seit der Bambinizeit Mitglied war. Die Rede seines Schwiegervaters, Willi Kaltenbach, war zunächst etwas schwerfällig, aber Willi steigerte sich zusehends und endete mit einem Sinnspruch, der das junge Paar durch ihr Leben begleiten sollte.

Groß war die Freude, als Maria und Jakob und Traudl und Willi ihre Enkelin zum ersten Mal sehen konnten. Die kleine Paula. Jakob und Willi, die stolzen Opas, feierten den Abend der Geburt im „Löwen". Selbst der Wirt hatte Verständnis dafür, dass die beiden immer lauter wurden. Willi hatte vorgeschlagen, den Korn wegzulassen und bei Bier zu bleiben, doch Jakob setzte sich durch. Die Kleine war einfach ein Wunder.

Lukas und Hanna zogen in eine größere Wohnung. Hanna nahm die ihr zustehende Elternzeit, auch wenn sie die Kolleginnen in der Buchhaltung vermisste. Aber die Jahre mit der Kleinen, die waren ihr wichtig.

Lukas wurde gefragt, ob er in seinem Fußballverein den Vorsitz übernehmen könne. Hanna ermutigte ihn. Schließlich seien solche Vereine einfach

notwendig, und wenn keiner mehr bereit sei, ehren-
amtlich …

Lukas wurde mit allen Stimmen gewählt.

Als die „kleine" Paula ihre Lehre als Speditions-
kauffrau abgeschlossen hatte, wurde sie sofort übernommen.

Lukas konnte das Angebot seiner Firma annehmen und mit 59 und einem gewissen Abschlag in
Rente gehen. Sein Vater, mittlerweile 85, hatte nach
dem Tod seiner Frau Maria doch sehr nachgelassen.
Er brauchte Unterstützung. Willi und Edeltraud
waren schon acht bzw. fünf Jahre vorher verstorben.
Hanna schlug Lukas vor, seinen Vater Jakob bei sich
aufzunehmen.

Lukas drei

Maria lag in den Wehen. Noch etwa zwei Stunden, dann sei es so weit, hatten die Ärzte ihr und Jakob gesagt. Jakob Müller wollte bei der Geburt seines Kindes zugegen sein. Er hatte sich diesen Tag frei genommen.

21. April, 17:34 Uhr, notierte die Hebamme auf ein bereitliegendes Klemmbrett. Der Geburtstermin. Lukas sollte der Junge heißen, einfach Lukas. Lukas Müller.

Sein Chef hatte Jakob gebeten, am 22. April die Kunden aus Süddeutschland abends in die Altstadt zu führen. Jakob war unschlüssig. Sollte er seinem Chef absagen? Er wollte schließlich seine Frau und das Baby, den kleinen Lukas, besuchen.

Die Kunden kamen einige Stunden zu früh. Du, Schatz … diese blöden Kunden sind schon hier … aber ich versuche trotzdem zu kommen … kein Problem … er trinkt schon kräftig? … Wunderbar … ich komme heute Nachmittag gegen 16:00 Uhr auf jeden Fall vorbei.

Im Kindergarten fühlte sich Lukas sehr wohl. Die Erzieherinnen förderten ihn, wo sie konnten. Auch als er schon sehr früh Buchstaben formen wollte, hinderten sie ihn nicht daran. Mit vier Jahren konnte Lukas seinen Namen schreiben. Aber auch die Namen der anderen Kinder in seiner Gruppe: *Sven* sah noch etwas ungelenk aus, *Ahmed* konnte er überhaupt nicht schreiben, bei *Giovanni* schrieb er das, was er hörte. Es sah aus wie *Schofanni*.

Die Erzieherin war völlig entsetzt, als Lukas auf die Birke kletterte. Er rutschte ab. Sie versuchte ihn aufzufangen. Im Krankenwagen wurde er beatmet. Die Beatmung wurde im Krankenhaus fortgesetzt.

Die Frage der frühkindlichen Musikförderung war für Jakob und Maria Müller kein Thema. Es sollte einfach nur Kind sein. Wenn er später Lust habe, trotz seiner Behinderung ein Instrument zu spielen, dann werde man ihm das natürlich ermöglichen.

Nach der vierten Klasse kam die Frage: Gymnasium, Gesamtschule, Realschule? Die Müllers fragten die Grundschullehrerin. Sie riet, ihn auf die Gesamtschule zu schicken. Dort könne er lernen, mit anderen umzugehen. Das Gymnasium habe doch kaum Möglichkeiten, auf seine körperliche Einschränkung angemessen zu reagieren. Schließlich habe die Gesamtschule ja auch einen gymnasialen Zweig, und wenn Lukas gut zurechtkäme, könne er doch auch dort Abitur machen.

Nur anfangs wurde er gehänselt. Aber Lukas wusste sich zu wehren. Er konnte zwar nicht so schnell rennen wie seine Mitschüler, aber wenn sie in der Klasse saßen, hatte er leichtes Spiel. Zunächst nahm er sich Giovanni vor. Er stellte ihn zur Rede, hasste eigentlich Gewalt, aber als Giovanni ihn „behindertes Arschloch" nannte, konnte er nicht mehr an sich halten. Lukas schlug zu.

Das Gespräch mit den Eltern verlief sachlich. Seine Klassenlehrerin schlug vor, ihn in psychologische Behandlung zu geben. Es sei doch sehr aggressiv.

Lukas liebte seinen Job. In der Stadtverwaltung war er für die Post zuständig, er stellte in jedem Dezernat die für das Dezernat vorgesehene Post zu. Er wurde freundlich begrüßt, alle schienen Lukas zu mögen. Abends traf er sich mit Freunden. Merkwürdigerweise war auch Giovanni dabei. Vergessen war der Schulstress, man trank, sang, spielte Karten.

Und man einigte sich darauf, einen Ausflug auf dem Rhein zu machen. Beim Landgang in einem der zahlreichen Weinlokale lernte er Annemarie kennen.

Jakob und Maria freuten sich, als Lukas ihnen Annemarie vorstellte.

Lukas vier

Maria lag in den Wehen. Noch etwa zwei Stunden, dann …

Amors Pfeile

„Mein junger Freund, es scheint, Amors Pfeil hat dich getroffen." Als der alte Priester dies sagte, schaute er Patrick traurig an.

Patrick war verwundert. Der ist wohl doch schon etwas verwirrt, der Alte, dachte er, warum hat er Apoll und Daphne erwähnt? Patrick hatte von seinen vergeblichen Versuchen gesprochen, eine Partnerin zu finden, so etwas wie Verliebtheit zu verspüren. Irgendetwas stimmte nicht mit ihm, das war ihm klar, deshalb hatte er dem alten Priester erzählt, was sich am Vorabend zugetragen hatte:

Er hatte im Garten seines Lieblingsrestaurants gesessen und in Thomas Manns „Dr. Faustus" gelesen.

Es war ihm nicht entgangen, dass die beiden Frauen am Nebentisch öfter zu ihm hinüberschauten als es die Restaurant-Etikette vorsah. War da nicht sogar ein Lächeln bei der Frau rechts? Und dann die Überraschung: Sie hatte ihr Glas gehoben, Patrick angesehen und ihm zugeprostet. Irritiert hatte er versucht, sich auf „Dr. Faustus" zu konzentrieren. Das war ihm für zwei Minuten gelungen, doch dann war dieser Schatten neben ihm gewesen.

„Du erkennst mich nicht, richtig?" hatte ihn die junge Frau angesprochen. Patrick hatte sein Buch sinken lassen.

„Ich bin Jasmin", hatte sie gesagt. Patrick hatte in ihr mädchenhaft junges Gesicht geschaut, dann den Kopf geschüttelt.

„Setz dich doch zu uns, statt in deinem Buch zu lesen!"

Patrick hatte einen Augenblick gezögert, sich dann erhoben, sein Glas genommen und das Buch zur Seite gelegt.

„Jasmin", hatte er gesagt, und erst nachdem er den Namen ausgesprochen hatte, hatte die Stille eine Art Fragezeichen geformt.

„Das ist meine Freundin Silvia, sie war nicht auf unserer Schule."

Immer noch zögernd hatte Patrick sie mit einem leichten Nicken gegrüßt. Jasmin hatte einen der beiden freien Stühle ein wenig zurückgezogen und Patrick gebeten, Platz zu nehmen.

„Sprichst du auch?" hatte Jasmin gefragt.

„Ja, schon, aber ich kann mich beim besten Willen …"

„Wir waren in mehreren Kursen zusammen. Leistungskurs Deutsch bei Havemann, Grundkurs Geschichte bei der Niedermeier."

„Ja, Havemann."

„Du warst so besessen von deinen Interpretationen. Havemann hat immer gehofft, du würdest Germanistik studieren."

„Ich bin Architekt."

„Mmh. Ganz andere Linie."

„Ich lass euch mal einen Moment allein", hatte Silvia gesagt, nach ihrer Handtasche gegriffen und war verschwunden.

„Mensch, Patrick. Ich habe dir Briefchen zugesteckt. Nie hast du reagiert. Die blöde Paula hat es bei dir versucht. Dann die Anne. Du hast alle abblitzen lassen. Wir dachten schon, du seist vielleicht ..."

Patrick hatte gelächelt.

„Nein, bin ich nicht, wäre aber auch kein Problem, oder?"

„Dann komm heute Abend zu mir!" hatte Jasmin ihn aufgefordert, „Silvia muss sowieso gleich los. Sie hat morgen einen wichtigen Termin. Macht Unternehmensberatung."

„Jasmin, du bist sehr nett. Ich danke dir für dein Angebot, aber, wie soll ich sagen, es hat nichts mit dir zu tun, ich habe keinerlei Ambitionen in der Richtung, verstehst du?"

Jasmin war verärgert gewesen, erst recht, als Patrick sich erhoben hatte, nicht ohne sein Weinglas mitzunehmen, und sich wieder an seinen Tisch gesetzt hatte.

„Dr. Faustus" hatte nur wenige Minuten auf ihn warten müssen. Nach einem kräftigen Schluck Wein hatte sich Patrick wieder seiner Lektüre gewidmet. Grußlos hatte Jasmin das Restaurant verlassen.

Der alte Priester saß ruhig in seinem Sessel.

„Und da sagen Sie, Amors Pfeil habe mich getroffen", meinte Patrick.

Der alte Mann nickte.

„Wissen Sie, wie oft mir Frauen signalisieren, dass sie Kontakt mit mir wünschen? Und ich? Kalt. Nichts. Ich weise sie ab."

Der alte Priester räusperte sich. Dann sagte er: „Ja, dich hat Amors Pfeil getroffen, ohne Zweifel. Aber Amor hat zwei verschiedene Pfeile, wusstest du das nicht? In meinem Beruf wünscht man sich, dass man

von dem Pfeil Amors getroffen wird, der dich getroffen hat. Aber leider ist es meist der andere Pfeil,
der uns trifft. Viele von uns, Priester, Mönche und
Bischöfe, werden immer wieder vom Pfeil getroffen,
von dem, der Liebe und Verlangen zur Folge hat.
Mein lieber Patrick, ich weiß, ich kenne diese Pfeile.
Dich hat Amors Pfeil getroffen, aber nicht der Pfeil
mit der goldenen Spitze, von dem alle reden, sondern der mit der stumpfen Spitze aus Blei."

Es gibt Schlimmeres

Mark und Lilian waren aus Köln zurückgekommen. Sie hatte das Fahren übernommen, damit Mark trotz oder wegen seiner Karnevalsphobie ein paar Bier trinken konnte, um die Symptome zu lindern. Auch der leichte Nebel hinderte sie nicht, schneller als erlaubt zu fahren. In Höhe des Sees verringerte sie das Tempo, bis sie am Blitzer vorbei war, um dann wieder auf eine für die glatte Straße etwas zu hohe Geschwindigkeit zu beschleunigen. Nach etwas mehr als einer halben Stunde hatten sie ihr Ziel erreicht.

Sie hatten soeben den Volvo abgestellt und wollten schon in Marks Wohnung gehen, als sie von der anderen Straßenseite Musik hörten. Sie kam aus dem „Krug", laute, eingängige Karnevalsmusik.

Lilian machte den Vorschlag, doch noch kurz in den „Krug" zu gehen. Für sie als Norddeutsche hatte der rheinische Karneval etwas Anziehendes, Unerklärliches. Etwas widerwillig gab Mark ihr nach. Er kannte die Musik, als Kind des Rheinlands war er sogar textsicher, wenn er sich dazu zwänge mitzusingen.

Er ging vor. Die Schwingtür war geöffnet und festgestellt, wohl um an diesem Karnevalsfreitag zumindest ein wenig frische Februarluft einzulassen. Der

Schankraum war berstend voll, den angrenzenden Speiseraum hatte man mit Stehtischen so umfunktioniert, dass möglichst viele Jecken Platz fänden.

Aus einer Ecke erschallte, die Bläck Föös übertönend, ein lautes „Mark"! Mark erkannte Rolf, der ihm heftig zuwinkte. Er nahm Lilian an der Hand und führte, zog sie durch eine Gruppe mehr oder weniger lustiger Clowns zu dem Stehtisch, an dem Rolf, seine Frau und einige andere Kostümierte standen.

„Mensch, Mark, super, dass ihr hier seid", rief Rolf laut, obwohl Mark und Lilian unmittelbar vor ihm standen.

Ein Kranz Kölsch schwebte, von einer eifrigen Kellnerin über die Köpfe gehoben, an ihnen vorbei. Rolf winkte ihr zu, nahm vier Kölsch aus dem Behältnis und füllte die entstandene Leere mit vier leeren Kölschgläsern.

Die Kellnerin machte vier Striche auf dem Bierdeckel, den Rolf mit Mittel- und Zeigefinger auf dem Stehtisch festhielt, um der Kellnerin die Arbeit zu erleichtern. Er verteilte die Gläser, dann hob er sein frisches Kölsch und stieß an. Mark versuchte sich an den Namen von Rolfs Frau zu erinnern. Ohne Erfolg. Also beließ er es bei einem Lächeln, stieß mit ihr an. Man trank.

Kölsch geht schnell, zumal wenn es heiß und stickig ist und man eng beieinander steht. Nun winkte Mark einem schwebenden Kölschkranz zu, nahm vier Kölsch heraus und nestelte einen freien Deckel aus der Halterung. Er hielt ihn mit der Hand am Tisch fest, bis die Kellnerin ihre Striche gemacht hatte.

Andere Musik setzte ein. Dreivierteltakt. Auch Lilian verstand den Text. Aber es bedurfte auch keiner großen Phantasie, um „Ruud, ruud, ruud sen de Ruse" zu verstehen. Nun waren sie mittendrin. Mark konnte sich nicht wehren, als Marks Frau – Maria? Maia? – ihn unterhakte und zum Schunkeln zwang. Auch Lilian und Rolf wurden in die sich bildende Kette integriert, von einer sexy Krankenschwester und einem tätowierten Schwergewicht in rot-weißem Ringelhemd.

Leichte Übelkeit überkam Mark, als er einen anderen Eingehakten sah, dessen T-Shirt die originelle Aufschrift „Bier formte diesen schönen Körper" trug.

Der Dreivierteltakt endete abrupt zugunsten einer „superjeilen Zick". Bei diesem Song wurde so laut gegrölt, dass Mark nur ganz beiläufig den hellgrün gewandeten Gardeoffizier wahrnahm, der sich Zentimeter um Zentimeter auf Mark zuschob.

Die Musik setzt einen Augenblick lang aus. Der grüne Offizier in blinkenden kniehohen Stiefeln, in denen enge, weiße Hosenbeine verschwanden, wandte sich Mark zu und sagte ruhig, aber unmissverständlich und nur für Mark wahrnehmbar: „Wir sind mit Rolf und Mia hierhin gekommen. Wir wollten mit ihnen feiern – allein!"

Mark fühlte, wie Wut in ihm aufstieg. Der schmucke Offizier war einen Meter zurückgetreten und schien auf eine Reaktion zu warten.

Und Mark reagierte. Er griff in die Hosentasche, zog ein paar Geldscheine heraus, entschied sich für einen 20-Euro-Schein. Er legte ihn unter seinen Bierdeckel, schob das Ganze zu Rolf hinüber, der ihn ratlos ansah, nahm Lilian an der Hand zog sie durch die feiernde, trinkende, transpirierende Masse auf die offene Schwingtür zu. Mark kochte innerlich vor Wut.

„Was ist los? Mark, was ist los?" fragte Lilian. Marks blasse Gesichtsfarbe führte sie auf die stickige Enge im „Krug" zurück.

Ganz ruhig sagte er: „Bitte lass uns nach Hause gehen." Lilian fragte nicht weiter nach. Sie gingen die kleine Strecke nach links und überquerten die Straße. Mark schloss auf.

Es war Mittag des folgenden Tages, als das Telefon klingelte. Mark saß schon seit Stunden in seinem Lesesessel und dachte nach. Er hob ab. Es war Rolf: „Dieser Idiot hat mir erzählt, was er zu dir gesagt hat! Ich hab ihn runtergeputzt und ihn gefragt, wie er dazu kommt, euch so anzumachen!"

Er schien auf eine Reaktion Marks zu warten. Als diese ausblieb, setzte Rolf nach: „Dieser Thomas ist ein Arsch. Das hab ich ihm ins Gesicht gesagt. Also, Mark, ich möchte mich für diesen Idioten entschuldigen."

Mark zeigte immer noch keine Reaktion, also fuhr Rolf in deutlich sarkastischem Ton fort: „Ja, der Thomas, der großartige Thomas Seifert, Abteilungsleiter im Kölner Ordnungsamt, wichtig, wichtig. Natürlich Mitglied bei den „Grünen Funken". Die Uniform hast du ja gesehen."

„Rolf", unterbrach ihn Mark, „wir vergessen den Vorfall einfach. Dich und Mia trifft keine Schuld. Lass gut sein."

„Okay, das freut mich, dass du das so cool siehst. Na dann. Mach's gut."

„Du auch! Und grüß Mia."

„Mach ich. Ciao."

Vier Wochen waren vergangen, als Mark im Ordnungsamt der Stadt Köln anrief und die Frau am Telefon um die Durchwahl eines Thomas Seifert bat.

„Ich könnte Sie durchstellen, aber Herr Seifert ist bis Montag nicht im Haus. Er ist auf Dienstreise."

Mark freute sich über die mitteilungsfreudige Dame, bekam die Durchwahlnummer und legte auf.

Es dauerte nur etwa vierzig Minuten, bis er mit der Miene eines Mannes, der mal wieder etwas mehr oder weniger Wichtiges auf dem Ordnungsamt zu erledigen hat, durch den ersten der zahlreichen Flure ging. Er klopfte an einer bereits offenen Tür und fragte nach einem gewissen Thomas Seifert. „Dat is der Leiter von Referat fünf, ein Trepp höher", kölschte es ihm entgegen.

Mark bedankte sich und suchte Referat 5. Er las „Gewerbeangelegenheiten". Vorsichtig nahm er sein Handy, stellte es auf „Foto" und klopfte an.

„Herein", rief eine junge Stimme.

Mark öffnete. Eine etwa 30-jährige Frau schaute ihn fragend an: „Sie wünschen?"

„Ich glaube, ich bin hier richtig. Das ist doch 54, Gewerbe. Ich soll die Fenster fotografieren, sie sollen überprüft werden."

„Davon weiß ich nichts", sagte die junge Dame, „aber wenn Sie das müssen, dann machen Sie halt."

Mark bat die Frau aufzustehen und eines der Fenster zu öffnen. Er brauche ein Foto der geschlossenen und der geöffneten Fenster. Folgsam erhob sich die Frau, beugte sich vor und zog ein etwas schwergängiges Fenster auf. Das hatte Mark als erstes Foto festgehalten. Nun trat die Dame zurück, ließ Mark seine Fotos machen. Mark schloss das Fenster, drückte erneut ab und fragte: „Ist das da die Tür zum Büro des Chefs?"

„Der ist unterwegs."

Die Frau stand auf, öffnete die Tür und ließ Mark seine Fotos machen. Auch hier öffnete sie ein Fenster, ließ ihn fotografieren. Mark fragte die Frau, wann die Fenster zuletzt erneuert worden seien, und erhielt die Antwort: „Ich arbeite seit drei Jahren hier. Die Fenster waren immer schon so."

Mark sagte, obwohl er das Namensschild von Monika Wächter schon beim Eintreten gelesen und sich den Namen eingeprägt hatte, mit einem Blick auf das Schild: „Vielen Dank, Frau, äh, Wächter."

Dann trat er auf den Flur, eilte die Treppe hinunter und verließ das Ordnungsamt der Stadt Köln am Ottmar-Pohl-Platz. Nein, Köln-Kalk war nicht schön.

„Seifert", erklang es, als sich Thomas Seifert auf dem Festnetz in seiner heimischen Doppelhaushälfte meldete. Mark legte auf. Am nächsten Morgen ließ er Frau Seifert mehrmals abheben. Immer legte Mark auf. Zwei Wochen trieb er dieses Spiel, bis er glaubte, genug Zweifel gestreut zu haben.

Am folgenden Montag wählte er die Durchwahl von Thomas Seifert, um sich zu vergewissern, dass er im Büro und nicht zu Hause war. Dann machte er den nächsten Schritt.

„Seifert", meldete sich die angenehme Stimme der Frau.

Mark verstellte nicht einmal seine Stimme, als er sagte: „Wächter. Mein Name ist Wächter. Sie kennen mich nicht, aber Ihr Mann kennt meine Frau umso besser."

Nach kurzem Schweigen am anderen Ende sagte die Frau: „Was soll das heißen, mein Mann …"

„Ach, Sie wissen nichts davon? Ihr Mann und meine Frau haben eine Affäre. Seit über einem Jahr. Ich habe es nur durch Zufall erfahren."

Mark wartete ab. Dann sagte er: „Bitte, helfen Sie mir, Frau Seifert. Ich liebe meine Frau und würde ihr alles verzeihen. Aber ich will, dass sie bei mir bleibt."

Wieder Schweigen am anderen Ende.

„Sind Sie noch da, Frau Seifert?"

„Ja, ich …“

„Aber Sie müssen doch auch etwas gemerkt haben!“

„Na ja, die Anrufe ständig. Da legt einer immer wieder einfach auf.“

„Sehen Sie!“

„Aber …“

„Frau Seifert, ich bin den beiden nachgefahren. Habe heimlich Fotos gemacht. Ich will, dass das aufhört!“

„Ich werde meinen Mann zur Rede stellen. Wie heißt Ihre Frau?“

„Monika. Monika Wächter. Sie sitzt im Vorzimmer bei …“

„Nein! Die Wächter! Ich bin … Nein!“

„Meine Frau arbeitet schon drei Jahre für Ihren Mann. Ich dachte mir nichts dabei, als er sie einmal zum Essen eingeladen hat. Aber als ich die Kinokarte fand … Und die Eintrittskarte für die Claudius-Therme…“

„Die Sauna?“

„Ja. Sie müssen öfter da gewesen sein.“

„Aber … Oh Gott. Ich danke Ihnen, Herr Wächter.“

Frau Seifert stand in der Küche, als Thomas Seifert die Haustür öffnete. „Hallo, Schatz", rief er, „ist wieder ein bisschen später geworden."

Lisa Seifert drehte sich um und sah ihren Mann an.

Das Telefon klingelte. Mark hatte Seifert aus dem Auto heraus beobachtet und hielt den Zeitpunkt für geeignet.

„Geh ruhig ran", sagte Frau Seifert, „und wenn es diese Schlampe ist, sag ihr, es wird ihr noch leid tun."

Thomas Seifert war völlig verwirrt: „Was soll das?"

„Okay. Warte, ich geh ran und du wirst sehen, sie legt sofort auf."

Sie kam aus der Küche, ging ins Wohnzimmer und hob ab: „Seifert. Hallo?"

Klick. Aufgelegt.

„So, mein Lieber, lass mal hören. Wie war's im Büro. Hattet ihr Spaß?"

Seifert ließ sich auf die Couch sinken und starrte seine Frau an.

„Wie lange geht das schon, Thomas?"

„Geht was?"

„Was, was, was! Die Geschichte mit der Monika."

„Mit wem?"

„Na, Monika, deiner Sekretärin."

„Frau Wächter?"

„Ja, Frau Wächter!"

„Sie sitzt bei mir im Vorzimmer. Weiter nichts."

„Hältst du mich für blöd? Reiche ich dir nicht? Nein, der Herr geht in die Sauna – mit seiner Monika."

„Langsam, langsam, Lisa. Ich war in keiner Sauna."

„Natürlich nicht. Du hättest ja auch nasse Klamotten mit nach Hause bringen müssen. Die hat deine Schlampe für dich mitgenommen."

Thomas Seifert war sprachlos. Er wusste, dass, was auch immer er jetzt sagen würde, ihn nichts aus dieser Situation befreien könnte. Also versuchte er es ganz ruhig: „Wie kommst du darauf? Bitte, Lisa."

Lisa Seifert schwieg, stieg die Treppe hinauf und schloss sich im Schlafzimmer ein.

Marks Plan schien aufzugehen. Aber Zweifel zu streuen reichte ihm nicht. Der grüne Gardeoffizier mit den schicken Stiefeln sollte leiden.

Drei Wochen wartete Mark. Dann klingelte es in Seiferts Büro.

„Legen Sie bitte nicht auf, Herr Seifert, ich will Ihnen helfen. Ihre Frau hat mich aufgesucht. Ich bin Eheberater und Ihre Frau hat sich an mich gewandt."

Seifert unterbrach ihn: „Seit drei Wochen redet meine Frau nicht mehr mit mir. Sie wirft mir vor, ich hätte eine Affäre mit meiner Sekretärin."

„Das weiß ich doch. Monika Wächter soll sie heißen."

„Sie heißt so. Aber sie ist nur meine Sekretärin."

„Herr Seifert, ich mache Ihnen einen Vorschlag. Wir sollten reden. Sie und ich. Ihre Frau scheint ja noch Hoffnung zu haben, sonst hätte sie sich nicht an einen Eheberater gewandt. Vielleicht gibt es eine Möglichkeit, Ihre Ehe zu retten."

„Ehe retten. Ehe retten. Ich habe nichts getan."

„Könnten Sie sich morgen am Nachmittag frei machen?" fragte Mark betont freundlich.

„Ja, wann?"

„Warten Sie. Ich habe noch einen Klienten bis 14 Uhr, aber sagen wir 15 Uhr. Am besten in einem Café in der Nähe Ihres Büros?"

„Ja, meinetwegen. Gleich um die Ecke ist das Café Manu. 15 Uhr. Ich werde da sein."

78

Mittwochmorgen. Telefon.

„Frau Seifert, Wächter hier. Es geht immer weiter. Ihr Mann will sich heute mit meiner Frau im Café treffen. Ein Café Manu in Deutz oder vielleicht ist das noch Kalk. Ich werde da sein und die beiden zur Rede stellen. Helfen Sie mir dabei?"

„Herr Wächter, ich werde kommen. Ich finde das Café schon irgendwie. Dann hat das Lügen und Leugnen ein Ende. Aber – wie sieht Ihre Frau denn aus?"

„Ach, Sie kennen seine Sekretärin gar nicht? Geben Sie mir Ihre Email-Adresse. Ich schicke Ihnen sofort ein Foto."

Keine fünf Minuten später betrachtete Lisa Seifert die „Geliebte" ihres Mannes beim Öffnen eines Fensters. Sie kochte vor Wut.

Mark saß in seinem Volvo gegenüber dem Café in einer Einfahrt. Er würde wegfahren müssen, wenn jemand in die Einfahrt wollte. Gegen 14:50 Uhr betrat Thomas Seifert das Café und suchte sich einen Platz.

Mark griff zum Handy: „Frau Wächter, Herr Seifert ist doch Ihr Chef, nicht wahr?"

„Ja, warum?"

„Er hatte einen kleinen Unfall und ist etwas verwirrt. Er sitzt oder, sagen wir hockt vor dem Café
Manu in der Kalker Hauptstraße und ruft immer
wieder Ihren Namen. Kommen Sie schnell! Wir tragen ihn gleich ins Café."

Monika Wächter hatte sich gewundert, dass ihr
Chef so übereilt und nervös schon gegen 14:30 Uhr
das Büro verlassen hatte. Ja, es war ihr aufgefallen,
wie zerstreut er wirkte. Rasch raffte sie ihre Sachen
zusammen, schloss die Tür und eilte zum Café Manu.

Mark sah, wie Frau Seifert unschlüssig vor dem
Café stehenblieb. Monika Wächter stürmte an ihr
vorbei ins Café. Sie sah ihren Chef am Fenster sitzen,
eilte auf ihn zu, umarmte ihn.

„Gottseidank! Was ist passiert?"

Sie wollte ihm von dem Anruf erzählen, als Frau
Seifert hereinstürmte und ihren Mann anschrie:
„Nur deine Sekretärin? Und man trifft sich im Café.
Am Nachmittag!"

Die Sekretärin und ihr Chef sahen sich entgeistert
an, als Frau Seifert ihren Ehering abstreifte und ihn
mit den Worten „Danke für alles!" vor die Füße ihres
Mannes schleuderte. Dann verließ sie das Café.

Ein Jahr war vergangen. Karneval stand vor der Tür. Mark rief Rolf an und fragte ihn, ob sie nicht alle zusammen zu Fritz in den „Krug" gehen sollten.

„Gute Idee, Mark. Am Freitag? Aber du weißt, dass dieser Thomas auch da sein wird."

„Dachte ich mir" sagte Mark, „dann können wir die Sache vom letzten Jahr endlich aus der Welt schaffen."

„Na gut, Mark. Ach, übrigens. Er kommt allein. Seine Frau hat die Scheidung eingereicht. Sie wohnt seit Wochen schon bei ihrer Schwester."

„Oh. Das tut mir leid", heuchelte Mark.

Der Abend im „Krug" kam. Mark und Lilian waren schon da, als Rolf, Mia und Thomas Seifert hereinkamen. Seifert trug diesmal keine Gardeuniform, seine Verkleidung beschränkte sich auf eine schwarz-weiß gestreifte Weste. Er sah wie ein Diener aus, bestenfalls.

Seifert sah Mark, ging auf ihn zu, hielt ihm seine rechte Hand entgegen und sagte: „Nichts für ungut. Sorry für letztes Jahr."

„Es gibt Schlimmeres", gab Mark lächelnd zurück.

Happy Birthday Birthday Birthday ...

War es sein sechster oder siebter Geburtstag, an dem er den verhängnisvollen Wunsch geäußert hatte: „Wie schön, wenn ich jeden Tag Geburtstag hätte!"

Die zwölf Kerzen hatte er mit einem Atemzug ausgepustet. Mama nahm ihn in den Arm, Papa klopfte ihm sanft auf die Schulter.

„Oh, super! Das Guinness-Buch der Rekorde!" rief er vergnügt. Und er riss ungeduldig das zweite Paket auf: eine kleine englisch-deutsche Lektüre von Tante Emilie. Pädagogisch wertvoll. Und erst der Bausatz für das Spacelab von Opa!

Der Nachmittag verlief harmonisch. Jonas, Maxi, Yannick, Gianni und natürlich der dicke Paul waren eingeladen. Zum Leidwesen von Mama waren Kuchen und Limo in Windeseile verzehrt. Umso länger musste sie sich Spiele einfallen lassen.

Abends gingen sie zum Chinesen in die „Große Mauer".

Als er erwachte, standen seine Eltern und sein kleiner Bruder schon im Zimmer und sangen „Happy Birthday". Er rieb sich die Augen. Jetzt konnte er die Torte mit den acht Kerzen sehen, die seine Mutter in den Händen hielt.

„Alles Gute zum Geburtstag, Großer!" sagte sein Vater. Er sprang aus dem Bett, schlüpfte in die Janosch-Pantoffeln und umarmte seinen kleinen Bruder.

Auch auf dem Frühstückstisch standen acht brennende Kerzen, die er rasch ausblies. Leider war Dienstag und er musste in die Schule, allerdings nahm er die Muffins mit, die er an seine Klassenkameraden verteilen würde.

Und am Nachmittag? Die Freunde würden kommen: Maxi, der dicke Paul, Ahmed und Ali, aber auch Sophie und Lena.

Als alles vorbei war, schlief er glücklich ein.

Er wachte auf, als seine Frau Susanne ihm einen Kuss gab: „Happy Birthday, Schatz!" flüsterte sie ihm ins Ohr. Oh ja. 47 wurde er. Nun ging es rapide auf die 50 zu. Seine beiden Kinder stürmten herein. Singend. Grölend: „Happy Birthday, lieber Daddy!"

Als er erwachte, stand seine Pflegerin am Bett. Eine kleine Blume in der Hand. „Alles Gute zum Geburtstag!" rief sie mehr, als dass sie sprach.

Sein Rheuma musste er heute vergessen. Schließlich wurde im Altenheim nachmittags das Tanzbein geschwungen. Frau Liebknecht würde ihn um den ersten Tanz bitten.

Der Applaus der anderen Heimbewohner machte ihn verlegen. „Ein Gläschen in Ehren kann niemand verwehren!" rief Josef Schmidt ihm zu.

„Vom Geburtstagskind!" sagte die Heimleiterin, als sie die Kuchen auf einem Metallwägelchen hereinschob. Wieder brandete Applaus auf. Doch nach der Tagesschau war er erschöpft und begab sich zu Bett.

Endlich 18, dachte er, als er sich den Schlaf aus den Augen rieb.

Heute würde er zum ersten Mal Mamas Auto alleine fahren dürfen. Die Freude war groß, denn bisher musste immer ein Erwachsener als Beifahrer mitfahren. Gedanken schwirrten in seinem Kopf umher. Frau Liebknecht? Kannte er sie? Und warum dachte er jetzt an das Guinness-Buch der Rekorde? Er war doch jetzt volljährig.

Mit dem Auto fuhr er stolz bei den Steiners vor. Dann sah er sie an der Haustür. Susanne. Sie eilte zum Wagen, öffnete die Beifahrertür, sprang auf den Sitz und gab ihm einen dicken Kuss: „Happy Birthday!"

Sie fuhren über die Landstraße. Seine Gedanken kreisten um Dinge, die er sich nicht erklären konnte. Janosch Pantoffeln? Ein Wägelchen mit Torten? Was sollte das? Weitere Gedanken schoben sich zwischen ihn und Susanne.

Es war erst 5:00 Uhr morgens, vielleicht auch erst 4:30 Uhr, als er erwachte. Wie würde sein 70. Geburtstag verlaufen?

Er döste noch ein wenig und sah ganz deutlich seine Mutter vor dem Bett stehen, einen Kuchen mit acht Kerzen in den Händen. Dann war sie verschwunden.

Wer würde ihm heute gratulieren? Traurig dachte er an Susanne. Drei Jahre war sie nun schon tot. Und der dicke Paul? Erst letztes Jahr auf tragische Weise verstorben.

Zehn Kerzen! Wunderbar. Die Eltern sangen. Sein kleiner Bruder schob ein Häppi Börsdee in den Raum.

Am Nachmittag spielten sie Topfschlagen: Kalt! Kalt! Wärmer! Dann nahmen sie den neuen Fußball und gingen in den Garten.

„Was guckst du mich so komisch an?" fragte der dicke Paul, der sich den Fußball schnappte, „als hättest du einen Geist gesehen!"

Opa rief an: „Herzlichen Glückwunsch zum Geburtstag! Ich komme mit Oma am Samstag, dann feiern wir zusammen."

Erschöpft wachte er auf. Es war fast 11:00 Uhr. Mit seinen Kommilitonen hatte er bis 5:00 Uhr morgens getrunken. Aber um Mitternacht hatte ihm niemand gratuliert. Daran erinnerte er sich genau. Merkwürdig. Es war doch sein Geburtstag. Warum dachte er jetzt an das Spacelab? Sein Handy hatte er auf lautlos gestellt. Jetzt sah er: acht Anrufe und vier Nachrichten. Seine Mutter hatte dreimal angerufen, dann ihre Geburtstagswünsche als SMS geschickt.

Mit Susanne würde er feiern. Beim Chinesen in der „Großen Mauer".

Onze Lieve Vrouwe

Das Handy klingelte.

„Hallo? Bist du es, Carl?"

„Ja, wer ist denn da?"

„Du kennst mich nicht."

„Also, entschuldigen Sie. Ich lege auf. Woher haben Sie überhaupt meine …?"

„Wer war das?" fagte Juliane.

„Keine Ahnung, hat gefragt, ob ich Carl bin und ich hab gesagt, dass ich sie nicht kenne."

Juliane schaute ihn verwundert an.

„Das ist jetzt schon das dritte Mal, dass mich irgendeine Tussi anruft."

„Und du bist sicher, dass du sie nicht kennst?"

„Was willst du damit sagen?"

„Nichts. Kann es sein, dass …"

„Unsinn. Ich muss los. Küttner erwartet mich um 10."

„Gut, dann bis heute Abend. Sollen wir zu Salvatore?"

„Schon wieder Italienisch? Können wir nicht mal was anderes essen?"

„Och. Ich würd doch so gern."

„Na gut. Bis später."

Carl fuhr in die Tiefgarage herab. Neonlicht sprang an und erleuchtete die gesamte Halle. Schon von weitem sah er, dass irgendetwas an der Frontscheibe seines BMW befestigt war. Als er näher kam, sah er, dass es ein Briefumschlag war. Er hob den Scheibenwischer leicht an, nahm den Brief und öffnete ihn sofort: „Carl! Wir müssen uns sehen. Ich beobachte Sie schon eine ganze Weile. Ich muss Sie sehen. Janine."

Carl widerstand der Versuchung, den Brief zu zerreißen. Er drückte den Autoschlüssel, und wie jeden Tag fand er, dass der Schließmechanismus einfach zu laut war. Der Ton füllte die gesamte Garagenfläche, schien an die Wände zu dringen und verstärkt zurückzuhallen. Es störte ihn einfach.

Wer war diese Janine?

Das Gespräch mit Küttner verlief gewohnt sachlich. Verkaufsstrategien. Drittes Quartal. Reaktivieren der Südschiene. Und wieder drängte sich Janine in seine Gedanken. Küttner schien zu bemerken, dass Carl nicht ganz bei der Sache war. Er wiederholte seinen letzten Satz. Schon klar, sagte Carl, kümmere mich drum. Und bin am Donnerstag sowieso in Nürnberg.

Carl verließ Küttners Büro und ging den Gang von C3 hinunter, bis er sein Büro erreichte.

Auf dem Schreibtisch lag ein Päckchen. Für Carl, las er. Er nahm es, schüttelte es prüfend. Ohne Erkenntnisgewinn. Er riss das Geschenkpapier auf. Das Päckchen war hellgrau. Er hob behutsam den Deckel und fand eine schwarze Dose. Er nahm sie heraus und öffnete sie. Goldene Manschettenknöpfe. So ein überflüssiger Quatsch, dachte er. Wer trägt denn sowas noch?

Er ließ sich in seinen Schreibtischsessel fallen und grübelte.

18:10 Uhr, Tiefgarage. Wieder daheim. Carl griff nach seiner Aktenmappe, stieg aus und drückte die Verriegelung. Wieder so laut, dass die Wände den unangenehmen Ton zurückwarfen.

„Wie war dein Tag?" fragte Juliane, die ihm ein Glas Prosecco reichte.

Carl konnte ein Lächeln nicht unterdrücken. Er musste an seine Eltern denken. Sie hätten nicht einmal gewusst, was Prosecco ist. Vater trank höchstens einmal ein Bier, beim Skat. Mutter trank nie irgendetwas Alkoholisches. Nur wenn Onkel Johann mit seiner aufgedonnerten Frau zu Besuch kam – höchstens einmal im Jahr – kaufte Mutter so etwas wie Chantré oder Scharlachberg, was sie für Cognac hielt. Onkel Johanns Frau war die Tochter eines Düsseldorfer Industriellen und Onkel Johann hatte ihren Lebensstil übernommen, auch wenn dem kleinen Carl schon damals aufgefallen war, dass die beiden nicht wirklich zueinander passten. Vater war Eisenbahner, ein kleiner Beamter, der es immerhin geschafft hatte, ein Einfamilienhaus für Mutter, Carl und seine kleine Schwester zu bauen. Wie stolz war er, als Carl sein BWL-Examen bestand. Es wurde gefeiert. Mit den Möglichkeiten, die Vaters Einkommen zuließ. Freunde waren da, Nachbarn, ja und ein Lehrer, Herr Kracht, der Carls Eltern überredet hatte, Carl zum Gymnasium zu schicken. Da gab es Wein. Moselwein, keinen Prosecco.

„Ja, war ganz okay", sagte Carl, nachdem er einen Schluck genommen hatte. „Muss für Klöckner in Nürnberg die Außendienstler der Südschiene schulen. Nichts Tolles. Routine."

Carl trank noch einen Schluck und schaute sich in seiner Wohnung um. Großzügig geschnitten, riesig für zwei Personen. Die Couchgarnitur war so teuer wie ein Mittelklasseauto. Juliane hatte auch darauf bestanden, zwei Bulgakins zu kaufen, Originale, versteht sich. Wie Fremdkörper hingen sie jetzt da, links und rechts neben dem offenen Kamin. Für Juliane war Geld nie ein Thema. Ihre Kindheit hatte sie auf dem Gut der Eltern im Münsterland verbracht. Angestellte hatten sich um Haus, Hof, Pferde, das gesamte Anwesen gekümmert, während ihr Vater, der alte Rensenbrinck, sein Vermögen mit Börsengeschäften vermehrte.

Juliane ging in die überdimensionale Küche und schaute nach den Speisen, die sie vorbereitet hatte.

Carl lockerte seine Krawatte und ließ sich in einen der Sessel fallen. Sein Blick fiel auf den linken Bulgakin. „Tanz des Dionysos" hieß das Bild. Zu sehen waren blaue Farbkleckse, die ein roter Strich durchzog. Carl prostete Dionysos zu.

Das Telefon klingelte. Da es auf dem metallenen Couchtisch lag, brauchte Carl sich nur vorzubeugen. Er griff danach und hörte eine angenehme Frauenstimme: „Carl, hier ist Janine. Ich muss Sie unbedingt sehen."

„Wer sind Sie?" entfuhr es Carl, doch sie hatte aufgelegt.

„Na, wieder nichts?" fragte Juliane mit sarkastischem Unterton und setzte nach: „Das war doch eine Frau. Eine Frauenstimme. Was wollte die?"

„Ich weiß es nicht. Ich-weiß-es nicht!"

Juliane ließ nicht locker: „Wenn du mir irgendetwas zu sagen hast, dann sag es."

Carl war ratlos. Was auch immer er jetzt sagen würde, Juliane wäre skeptisch. Er kannte ihre Eifersucht.

„Sie nennt mich Carl", setzte er an, „und scheint mich irgendwie zu kennen."

Juliane schüttete etwas mehr Wein in den Topf als der Coq au Vin es verlangte.

„Und jetzt?" fragte sie.

„Und jetzt, und jetzt!" echote Carl verzweifelt, „nichts! Ich weiß nicht, wer das ist!"

Juliane schien sich damit zufrieden zu geben.

Eine Szene drängte sich Carl auf. Bei seinem ersten Besuch auf dem Rensenbrinckschen Landgut hatte ihn Julianes Vater beiseite genommen. Nein, er erinnerte er sich genau: Rensenbrinck hatte ihn durch den langen Garten in einen Pavillon geführt und ihn gebeten, doch Platz zu nehmen. Sherry hatte auf dem Glastisch gestanden, ein Getränk, das Carl damals noch nie getrunken hatte. In der Universitätsstadt Münster hatte man in seinen Kreisen Bier getrunken, allenfalls Rotwein, egal was, Hauptsache rot. Rensenbrinck hatte zwei Gläser eingeschenkt und Carl eines angeboten.

Die Erinnerung war so lebhaft, dass Carl glaubte, das Krächzen des teuren Korbsessels zu hören, auf dem Rensenbrinck sich mit dem Sherryglas nach vorne gebeugt hatte. Ich sage einfach Carl zu Ihnen, hatte er gesagt, einverstanden?

Carl hatte diese Vertraulichkeit überrascht. War das beim ersten Besuch nicht verfrüht? Andererseits hatte er sich angenommen gefühlt, auch wenn der in seinen Augen protzige Lebensstil ihn nachdenklich gestimmt hatte.

Also, Carl, hatte Rensenbrinck gesagt, trinken wir auf Juliane, die Sie wohl in ihr Herz geschlossen hat. Sie tranken. Was Rensenbrinck dann gesagt hatte, hatte Carl überrascht: Eines sollten Sie wissen, Carl. Juliane hat ein großes Problem. Eifersucht. Das hat sie von ihrer Mutter. Ich spreche nicht von normaler Eifersucht. Carl, es ist stärker. Ich will, dass Sie das von vornherein wissen!

Der Weingeruch des Coq au Vin drang bis zu Carl hinüber. Juliane hatte vergessen, die enorme Dunstabzugshaube einzuschalten. Sie rührte schweigend in einem der Töpfe von Le Creuset, auf die sie so stolz war.

Carls Erinnerungen konnten sich weiter entfalten. Er sah seinen Vater und seine Mutter, wie sie in Münster nervös aus dem Zug gestiegen waren. Vater in seinem besten Anzug, Mutter in einem neuen Kostüm. Es war den beiden sichtlich unangenehm, in den im Halteverbot vor dem Bahnhof geparkten Mercedes einzusteigen. Vor allem, weil ein Angestellter Rensenbrincks ihnen die hinteren Türen geöffnet hatte.

Carl hatte auf dem Beifahrersitz Platz genommen und während der fast eine Stunde dauernden Fahrt mehrmals eher vergeblich versucht, eine Art Gespräch zustande zu bringen. Vater hatte offenbar seine übliche frische Heiterkeit verloren. Mutter hatte nur geäußert, dass Carl ein wenig abgenommen habe.

Juliane bat Carl zu Tisch. Sie aßen schweigend, bis Juliane fragte: „Wann musst du nach Nürnberg?"

„Übermorgen, Mittwoch. Ich nehme den Zug. Bin Donnerstag wieder hier."

„Und wo übernachtest du?"

Das irritierte Carl. Noch nie hatte es Juliane interessiert, in welchem Hotel er abstieg, solange er nur – wie versprochen – morgens, mittags und spätabends anrief.

„Ich weiß nicht. Das machte bei uns die Meyer. Sie bucht alles für uns, Flüge, Hotels, Tickets. Letztes Mal habe ich im Dressler übernachtet."

Für die Jahreszeit war es etwas zu kühl in Nürnberg. Einer der Regionaldirektoren hatte Carl am Bahnhof abgeholt. Auf direktem Weg fuhren sie in die Zentrale Süd. Zwei Stunden hatte er für das Morgen-Briefing angesetzt. Da der ICE nur zwanzig Minuten Verspätung hatte, passte alles und Carl begann um 10:30 Uhr mit der Präsentation der Quartalszahlen.

Bevor es gegen 12:30 Uhr zum Businesslunch ging, rief Carl Juliane an. Sie schien nicht sehr gesprächig zu sein, was Carl veranlasste, zu fragen, ob alles in Ordnung sei. Sie gab nur eine ausweichende Antwort. Ich rufe heute Abend wieder an, sagte er knapp und begab sich zum Lunch.

Der Nachmittag zog sich. Den Bezirksvertretern war die Anspannung anzumerken, die Carls Besuch ausgelöst hatte. Natürlich waren die Quartalszahlen Süd nicht optimal, aber Monate wie diese hatte es auch in den Vorjahren gegeben, ohne dass die Direktion Carl zum „Brandlöschen" geschickt hätte.

Gegen 18:00 Uhr verließ Carl die Zentrale Süd und hatte darauf bestanden, mit dem Taxi ins Hotel zu fahren, zum einen, weil er keine Lust hatte, mit einem der Vertreter, der sich als Fahrer anbot, sozusagen unter vier Augen zu sprechen; zum anderen, weil er einfach alleine sein wollte.

Sein kleiner Rollkoffer ratterte hörbar hinter ihm her und das für Carl wieder unangenehme Geräusch endete abrupt, als er über den Läufer der Eingangshalle des Dressler fuhr.

Die übliche Prozedur: Ja. Eine Nacht. Gebucht. Zimmer 104. Danke. Bitte. Schönen Aufenthalt.

Duschen. Legere Kleidung. Nachrichten im Fernsehen. Runter ins Hotelrestaurant.

Ein Bier. WLAN? Ja, Tablet leuchtet auf. Nachrichten. Süddeutsche. Filet mit Gemüse der Saison. Sehr gern, der Herr. Noch ein Bier. Danke.

Die Frau, die am Eingang des Restaurants stand, ließ ihren Blick schweifen. Als sie Carl entdeckte, schritt sie an den Tischen vorbei und blieb an Carls Tisch stehen. Carl schaute vom Tablet auf.

„Darf ich mich zu Ihnen setzen?" fragte sie.

Carl zögerte einen Augenblick, aber die Frau hatte schon Platz genommen. Carl betrachtete sie. Sie war jung. Höchstens 29. Sie sah sehr gut aus. Wenig Make-up. Ein natürliches Lächeln. Carl brachte nur ein „und was …?" hervor. Sie bestellte zwei Gläser Weißwein. Der Kellner zog ab.

„Ich bin Janine."

„Die mit den hässlichen Manschettenknöpfen? Der Brief an der Windschutzscheibe? Und die Anrufe, das waren Sie?"

„Ja. Aber bevor sie ausrasten, hören Sie mich an. Mein Name ist Winterscheidt, Janine Winterscheidt. Ich bin mit den Rensenbrincks verwandt, eine entfernte Cousine Ihrer Frau. Wir hatten eigentlich nie Kontakt. Ich lebe in der Schweiz."

Sie wartete auf eine Reaktion. Carl reagierte: „Und was, um Himmelswillen, machen Sie hier? Woher wissen Sie, …? Das Hotel? Nürnberg?"

Sie atmete tief aus. Der Wein kam: „Vielen Dank, das Filet erst später." Dann fuhr sie fort: „Sie lieben Ihre Frau und Ihre Frau liebt sie. Mein Onkel, Dr. Rensenbrinck, bat mich sozusagen auf Knien um einen ungewöhnlichen Gefallen. Ich solle mich an Sie heranmachen und ihm melden, ob sie schwach werden."

Carl war fassungslos. Er stellte das Weinglas wieder auf den Tisch, ohne auch nur daran genippt zu haben.

„Und wozu das alles?"

„Nun, wenn sie mit mir – na ja, Sie wissen schon, also, wenn sie schwach würden, würde er seine Tochter informieren und sie zwingen, die Ehe zu beenden. Sie wären enterbt."

„Dieser Schweinehund!" entfuhr es Carl, „als ob ich Juliane wegen ihres Geldes geheiratet hätte!"

„Bleiben Sie ruhig, Carl. Ich darf doch Carl sagen? Ich werde meinem Onkel sagen, dass sie mich achtkantig rausgeschmissen haben! Dann wird er beruhigt sein."

Es war gegen 23:00 Uhr, als Carl zum Handy griff, um Juliane anzurufen.

Etwas später klingelte das Telefon auf dem Anwesen Rensenbrincks:

„Papa, Carl will sich von mir trennen! Tu etwas!"

Daamnterren

Auf meinen Reisen durch die rheinische Provinz traf ich auf ein sprachwissenschaftlich faszinierendes Phänomen. Ich nenne es einmal den kölnisch-rheinischen Minimalismus. Mit etwas Fantasie müsste es gelingen, den Titel zu entschlüsseln.

Ja, richtig, es handelt sich bei dem Begriff *Daamnterren* um die rheinisch verkürzte Form der Anrede an alle anwesenden „Damen und Herren".

Es ist erstaunlich zu sehen, wie es dem Bürgermeister von W. gelingt, Redezeit einzusparen, indem er Konsonanten und Vokale, mitunter halbe Wörter weglässt und dennoch verstanden wird – jedenfalls von den *BürgennunBürgen* der Gemeinde, die zu besuchen ich die Freude hatte.

Um Ihre Sprachflexibilität zu testen, gebe ich Ihnen die Rede des Bürgermeisters anlässlich (*anlässch*) der Einweihung der neuen Feuerwache wortwörtlich wieder und versichere zugleich, dass das Ganze nicht auf Alkoholkonsum zurückzuführen ist. Hier das originale Original:

Sehr vehrte Daamnterren,

anlässch s heutijen Tages daafch sagen, dass s mir eine jrooße Freudist, dies s Fest t Ihnen feiern z dürfen. Scheiße Sie also herzsch 'llkommen. Scheiße vallem unse Ehrenjäste wllkommen: von der Kreisbehörde Herr Willi Kolvenbach, dann de Obekreisbranntmeist Peter Wildenhof und laas not lies unser Dechant Paulsen, der de Einsechnung vonehm wedd. Spitte um Applaus.

Applaus

As der Antrag 'stellt wurde, d Feuerwache abzreißen un sch eine neue z'ersetzen, gab es Poteste aus den Fracksioonen von SPD und FreiBürjer. Jetz nach Fettischstellung sin alle, un isch sage ausnammslos alle, übe ds Erjebnis jlücklich. Wat für eine wunderbare Bau!

Smussten einije Veändrungen vorjenomm wän: Seit de Feuwehr auch Mädche aufnimmp, müssen Umkleide un Tolette vorjehalten werden. Schpersönlich waa skeptsch, als et hieß: de Frauen wollen auch löschen. Abba schmuss sagen, 'satt sisch bewehrt.

Meine Daamnterren, w'müssen mitte Zeit gehen un de Zeit velank, dat Jleichbereschtijung zuZeit in Mode ist. Wiemauchsei, schfinde dat Janze jelungen.

Applaus

Lassnsemchnoch ein Wort zu der Kosten sagen: Es war nich einfach, dat ze stemmen, vallem weil mir hatten doch vorher schon dat Altenheim mitfineziert. Abba der Erfolsch jibt uns räsch.

Unse Jemeinde wird jetz Mittelpunkwehr, dat heiß: Unsere neue Feuwache wird als ärste infomiert, wenn et brennt. Von hieraus wedd dann dat weitere Vorjehen kordiniert. Das musste so gerejelt werden, wejen der Zuschüsse vum Land.

Abba, schwill se nich lange mit meine Rede die Zeit stehlen. De Ausschank un das Fesszelt wartet. Schsaje einfach: Schwünsche den Feilichkeiten ein juten Velauf!

Herzchen Jlückwunsch un allzeit Jlückauf!

Zimmer 16

WaswolltederPriestergesternbeimirErhatnurseinen
JobgemachtAberichfühlemichvonTagzuTagbesser
NabittehabVertrauenDieÄrztetunihrBestesIchwer-
dewiedermitdemJoggenanfangenoderKanufahren
vielleichtnochbesseralsJoggenSiehstdudumusstPlä-
neschmiedenfürdieZeithiernachWennmeineKin-
derdochöfterkommenwürdenmanweißjaniewielan-
gedasnochHöraufdiekommendochsooftsiekönnen
AberdieschauenimmersomitleidsvollalsobWartedie
VisitemorgenabJagesternhatDrHerzerangedeutet
dasseinezweiteUnsinndaswirdschonwieder.

Die Krankenschwester betrat Zimmer 16 gegen
6.10 Uhr. Sie setzte zu einem „Guten Morgen" an,
als sie sah, dass ihr Gruß ihn nicht mehr erreichte.

Romea und Julio

Die Kinder saßen auf dem blauen Sofa, die neun-
jährige Svenja und ihr siebenjähriger Bruder Justus.
Sie hatten sich, wie jeden Abend, unter einer dicken
Decke „eingemummelt", wie Svenja es gern nannte.
Voller Spannung erwarteten sie, dass ihr Vater ihnen
wieder eine Geschichte erzählte. Heute würden sie
wohl wieder einmal nicht auf Mutter warten müssen. Sie war auf einem dreitägigen Coaching für
Führungskräfte.

Vater betrat das Wohnzimmer und blickte in die
erwartungsvollen Gesichter seiner Kinder.

„Was erzählst du uns heute, Dad?", fragte Svenja.

„Ja, ich habe beim Bügeln lange überlegt, ob ihr
für die Geschichte, die ich euch heute erzähle, nicht
noch zu klein seid."

„Sind wir nicht, sind wir nicht!", rief Svenja und
Justus schüttelte zustimmend den Kopf.

„Also gut", sagte Vater, „dann passt auf!" Er sah,
wie sich die beiden voller Erwartung unter ihrer Decke einrichteten.

„Die Geschichte spielt in Verona, das ist in Itali-
en. Da lebten zwei Familien mit komischen Namen:

die eine hieß Montague, die andere Capulet. Die konnten sich nicht ausstehen und hatten eine uralte Fehde."

„Fe- was?" fragte Justus.

„Ja, so Streit, Zankereien und so. Die Montagues hatten einen Sohn, Julio. Der verliebte sich in ein junges Mädchen, das hieß Romea. Das Problem: Diese Romea war die Tochter der Capulets."

„Wie haben sie sich denn kennengelernt?" wollte Svenja wissen.

„Da war so ein Maskenball, so wie Fasching. Und da ist es passiert. Julio sah das Mädchen und war sofort in sie verliebt. So wie ich damals in eure Mutter. Ja und dann ist er über eine Mauer in den Garten der Capulets, also der feindlichen Familie, geklettert und unter dem Balkon an Romeas Zimmer hat er schöne Sachen gesagt, so … also …Uh, Romea, wie lieb ich dich und so."

„Und die Romea?"

Wieder war es Svenja, die interessiert nachfragte.

„Die hat dann so etwas gesagt wie: Oh wärst du doch keiner von denen da, von diesen Montagues."

„Und dann? Und dann?"

„Langsam. Jetzt kommt es ganz dicke. Dieser Julio hatte aus Versehen einen Cousin von diesen Capulets getötet. Mit dem Degen, also erstochen."

„Ui!" entfuhr es Justus.

„Und deswegen wurde Julio aus Verona verbannt und musste in einer anderen Stadt leben."

„Und Romea", warf Svenja ein, „die ist doch sicher mit ihm gegangen."

„Nein, so einfach wie heute war das damals nicht. Die Mädchen durften nichts und die Eltern bestimmten über sie."

„In meiner Klasse", sagte Svenja, „ist auch so ein Mädchen, das …"

„Wollt ihr jetzt wissen, wie es weitergeht?"

Beide nickten und schwiegen.

„Die Eltern hatten andere Vorstellungen. Ein anderer junger Mann sollte Romea heiraten. Der war auch noch aus der Familie des Herrschers von Verona. Romeas Eltern waren ganz besessen davon, ihre Tochter in diese Familie einheiraten zu lassen. Aber Romea liebte doch Julio, auch wenn er jetzt weg war. Was also war zu tun?"

Die Kinder schauten ihren Vater ungeduldig an.

„In Verona", fuhr er fort, „gab es einen Pater Lorenzo; der hatte eine tolle Idee: Er gab Romea ein Fläschchen mit Gift."

„Mit Gift?" fragte Svenja entsetzt.

„Nun wartet mal ab. Das war ein besonderes Gift. Wenn man es trinkt, ist man drei Tage lang tot – das heißt, so gut wie tot. Also, Romea trank das Fläschchen aus und fiel in Ohnmacht. Die Familie glaubte, sie sei gestorben und legten sie in eine Gruft."

„Was ist eine Gruft?", wollte Justus wissen.

„Das ist wie eine Kapelle, ein Gewölbe, ein dunkler Raum, in den man Tote legt."

„Die Arme! Haben sie die lebendig begraben?"

„Nicht so schnell, Justus. Man ließ die Toten auf einem großen Stein eine Weile liegen, um ganz sicher zu sein, dass sie auch tot sind. Nun kamen alle, um Romea zu betrauern. Auch der Prinz, der sie heiraten sollte."

Das Handy klingelte.

„Geht nicht dran. Ich erzähle euch doch gerade, wie es weitergeht."

Mit einem Blick auf das Mobiltelefon sagte Svenja: „Aber es ist Mama!"

„Ja, gut, dann geh dran."

„Hi Mama, der Papa erzählt uns ... Ja, warte. Ich geb ihn dir."

Die Kinder hörten nur, was Vater sagte: „Ja, nee. Ist okay. Alles gut ... Einen Tag länger. Nee, klar. Mhm ... mhm ... mhm. Okay. Ich mach das schon. Ich erzähle ihnen jeden Abend eine ... Nee, klar. Ist gut. Bis Samstag dann."

Er legte das Handy auf den Couchtisch.

„Weiter! Weiter!" rief Justus.

Vater sammelte sich, so gut es ging. Er konnte einfach nicht glauben ...

„Weiter!" rief auch Svenja.

„Ja. Wo waren wir?"

„Julia liegt in der Krufft", sagte Justus.

„Gruft. Ah ja, die Gruft. Julio hatte es in Mantua, das war die Stadt, in die er verbannt worden war, nicht mehr ausgehalten. Er wollte zu seiner Romea. Zwei Tage später erreichte er Verona mit seinem Pferd und verkleidete sich als Bettler, weil er ja nicht in Verona sein durfte. Auf dem Marktplatz erfuhr er, dass seine geliebte Romea gestorben war und in der Familiengruft aufgebahrt lag."

„Aufge… was?"

„Ja, sie lag da auf der dicken Steinplatte. Julio schlich sich an, und als er sah, dass niemand in der Nähe war, brach er die Eisentür auf."

Das Handy klingelte. Ein Blick auf den Couchtisch. Es war wieder seine Frau. Er nahm ab.

„Ja? … Nein … Warum sollte ich sauer sein? … Nein, ist schon … Können wir das nicht am … Weil ich den Kindern …"

Aufgelegt. Sie hatte einfach aufgelegt. Er riss sich zusammen und erzählte weiter.

„Dann sah Julio seine Geliebte. Sie saß aufrecht auf der Steinplatte. Huh, habe ich mich erschreckt, sagte sie. Oh Julio. Du bist es. Sie umarmten sich. Julio gab ihr einen Kuss auf die Stirn und sagte: Ich dachte, du seiest tot! Romea erklärte ihm alles. Aber wieso bist du gerade jetzt aufgewacht, fragte Julio.

Das Handy klingelte wieder. Er nahm es, stellte es auf lautlos und warf es in den Zeitungsständer.

Dann schaute er seine Kinder an und fragte: „Und? Wisst ihr, warum sie aufgewacht ist?"

„Ja", sagte Svenja, „sie hat irgendwie gefühlt, dass Julio ..."

„Quatsch!" rief Justus, „Es war die Eisentür!"

Der Vater war unkonzentriert, aber er brachte die Geschichte zu Ende:

„Dann nahm Julio seine Romea mit nach Mantua, raus aus Verona, und dort lebten sie glücklich bis an ihr Lebensende."

II

In jener Zeit

Die Hochzeit zu Kana

Am dritten Tag fand zu Kana in Galiläa eine Hochzeit statt und die Mutter Jesu war dabei. Auch Jesus und seine Jünger waren eingeladen. Als Jesus den vielen Wein sah, reute es ihn, die Einladung angenommen zu haben.

Die meisten Gäste waren in Hochstimmung und tranken, soviel sie konnten. Auch Zebedäus und natürlich Judas hatten schon ordentlich zugelangt, als Jesus der Kragen platzte.

Er sprach leise ein paar unverständliche Worte und das Wunder geschah: In den Krügen, Bechern und riesigen Bottichen war der Wein zu Wasser geworden.

Der Bräutigam war stinksauer, denn alle glaubten, er sei dafür verantwortlich. Und die Braut weinte, wie es das Klischee verlangt.

Doch der Bräutigam zeigte auf Jesus und sagte: „Das kannst nur du gewesen sein, du Nazarener."

„Jawoll", entgegnete Jesus, „ihr solltet euch schämen! Es sind Kinder im Saal und ihr wollt Vorbilder sein? Als ob man nicht ohne Alkohol feiern könnte!"

Einer von der ÖBP, der Ökologischen Befreiungsfront Palästinas, zeigte Verständnis und sprach Jesus Mut zu, auch die Speisen entsprechend zu verwandeln.

Und so geschah es. Ein Raunen ging durch den Saal, als die Diener auf den Platten, auf denen sie vorher Lamm, Geflügel und andere Leckereien angeboten hatten, nun Tofubratlinge und Gemüse auftischten.

Die Mutter Jesu flehte ihn an: „Mach das doch bitte wieder rückgängig!"

Er aber sprach: „Was willst du von mir, Frau? Meine Stunde ist noch nicht gekommen. Wenn Ihr doch begreifen könntet, welchen ökologischen Fußabdruck euer Rind-, Ziegen- und Hammelfleisch hat! No meat, no heat!"

Einige Gäste waren so hungrig, dass sie zu den Speisen griffen. Nur ein paar Pharisäer waren aufgestanden und hatten die Hochzeit verlassen.

Jesu Jünger hingegen glaubten an ihn und folgten ihm hinab nach Kafarnaum. Doch von Stund an verfolgten ihn die Vertreter der Gewerkschaften der Viehzüchter und der galiläischen Fleischindustrie.

Abraham und Isaak

Und Gott sprach:

„Abraham!"

Abraham antwortete:

„Hier bin ich."

Gott sprach: „Nimm deinen Sohn, deinen einzigen, den du liebst, Isaak, geh in das Land Morija und bring ihn dort auf einem der Berge, den ich dir nenne, als Brandopfer dar."

Abraham war entsetzt. Er setzte sich auf den Stein vor seinem Zelt und dachte nach.

Gott wartete auf eine Reaktion.

An der sich über Abraham bildenden Wolkenformation erkannte Abraham, dass Gott ungeduldig wurde. Also begann er: „Herr, jetzt hör mal gut zu. Ich hab schon so ein komisches Gefühl gehabt. Was hast du dir eigentlich gedacht, als du den Menschen erschaffen hast? Jetzt komm mir nicht mit freiem Willen und so. Du wusstest doch genau, dass wir Menschen nicht vollkommen sind. War das wirklich nötig, das mit der Sintflut?

Und sieh es doch mal logisch – Logos, das sagt dir doch was. Zwei von jeder Art auf diesem wackligen Holzding. Wie sollte das denn weitergehen? Wenn die Tiere und auch Noah mit seiner Familie sich untereinander fortpflanzen …"

Die Wolkendecke über Abraham wurde noch dunkler. War der Herr sauer?

Abraham fuhr fort: „Und jetzt verlangst du von mir, dass ich meinen Sohn opfere? Weißt du noch, wie ihr drei, du und diese merkwürdigen Engel, bei mir zu Gast wart? Wie du meiner Frau Sara den Kopf verdreht und ihr Hoffnung gemacht hast, dass sie trotz ihres hohen Alters noch einen Sohn bekommen sollte? Und nun? Jetzt ist er da und ich soll ihn schlachten?

Mit Verlaub, Herr! Niemals! Und übrigens: Das mit Sodom war schon beeindruckend. Aber bist du echt stolz darauf? Wusch! Alles weg! Und die hatten keine Chance. Vielleicht hätte man die Einwohner noch ändern können. Aber nein! Wusch! Alles kaputt!

Gut, du musst es ja wissen. Aber wenn du doch offensichtlich allwissend bist, müsstest du wissen, dass ich dir den Gefallen mit Isaak nicht tun werde. Als Vater habe ich mein Kind zu beschützen. Und übrigens: Sara wird demnächst 127. Glaub mir, es würde ihr das Herz brechen. Also vergiss es!

Ich weiß ja nicht, ob du einen Sohn hast. Aber wenn, dann möchte ich mal sehen, ob du den opfern würdest. Aber mach, was du willst.

Ich weiß, du könntest jetzt wieder Wusch machen und alles hier in Schutt und Asche legen. Das fände ich schade. Aber trotzdem: Nein! Der Isaak bleibt am Leben! Und wenn das ein Test sein sollte, dann lass dir was Besseres einfallen."

Das hatte gesessen. Die dunklen Wolken verzogen sich. Abraham rief seinen Sohn und drückte ihn fest an sich.

Ent-Schluss

Der Gefreite Adolf H. sah den englischen Soldaten, der seine Pistole auf ihn gerichtet hatte, schweigend an. Der Engländer senkte die Waffe und bedeutete dem Fremden, ihm aus den Augen zu gehen. Doch plötzlich erinnerte er sich an Stephen Fowles, an Harrison und die anderen toten Kameraden. Er zielte und mit drei Schüssen in den Rücken des Fliehenden streckte er ihn nieder.

Hinter der Pforte des Himmels

Und da trafen sie sich wieder in der celestischen Literaturlounge I, Raum 408. Auf dem Weg dorthin musste der ein oder andere innehalten, um den begeisterten Seelen, die den Weg in den Himmel geschafft hatten, entweder Rede und Antwort zu stehen oder Autogramme zu geben. Andere gingen erhobenen Hauptes durch die Seelenmassen.

Goethe – er hasste es, „der alte Goethe" genannt zu werden, „Dichterfürst" bevorzugte er –, ja Goethe würdigte die Fanseelen keines Blickes. Er streifte Brecht leicht am Ärmel seines weißen Gewands, entschuldigte sich zwar knapp, aber nicht ohne dem, wie er ihn nannte, epigonalen Sozialdramatiker einen verächtlichen Blick zuzuwerfen. Brecht fühlte sich unwohl in diesen Sphären, das blieb keinem der Himmlischen verborgen. Natürlich hatte er sich von Dante Hölle und Fegefeuer mehrmals und in allen Details beschreiben lassen und war zu der bitteren Erkenntnis gelangt, dass der Himmel existiert. Verzweifelt hatte er in den ersten Äonen seines Aufenthalts versucht, die Seraphine, Cherubime und auch niedere Engel davon zu überzeugen, dass sie Opfer gnadenloser Ausbeutung und veralteter Hierarchien seien.

Es war wieder einmal James Joyce, der Brecht mahnte, die Dinge zu nehmen, wie sie nun einmal waren. Ausschweifend und selbst für Marcel Proust zu detailverliebt hatte Joyce soeben zu einem Monolog über Glaubensfragen angesetzt, als sich Unruhe und freudige Gelöstheit in der Seelenmenge breitmachte. Laute „Aligheri! Aligheri!"-Rufe zwangen auch Charles Bukowski und Stefan Zweig, sich zu den Lärmenden umzudrehen.

„Drah di net um!" brüllte Falko ihnen entgegen und Orpheus nickte verständnisvoll.

„Ja, ja, nicht umdrehen!" sagte er leise vor sich hin.

Aber die Augen aller folgten Dante Aligheri, der gemessenen Tempos durch die für ihn sich bildende Gasse schritt. Deutlich erkennbar über dem himmlisch erleuchteten Haupt ein Lorbeerkranz, den Dante auch in diesen Gefilden nur ablegte, wenn er mit Erzengeln sprach oder sein Haupt zur Ruhe bettete.

Augenrollen bei Shakespeare, der Sokrates untergehakt hatte und lachend, tänzelnd, scherzend der sich öffnenden Pforte der Literaturlounge I, Raum 408, entgegenschwebte.

Zu beiden Seiten der Pforte standen Cherubim mit Flammenschwertern, die Vorlage für die Licht-schwerter in Star Wars.

War es Theodor Fontane, der versuchte, der Hitze der Flammenschwerter auszuweichen und dabei Johannes Mario Simmel unsanft anrempelte? Dieser wiederum stieß ein erbostes „Was erlauben Sie sich!?" aus, das aufgrund seines leichten Sprachfehlers selbst Andreas Gryphius erheiterte.

Als alle im Innern die ihnen von Minos zugewiesenen Plätze eingenommen hatten, wurde der Lärm der Vorhalle fast gänzlich gedämpft. Neugierig und ungläubig fragte Orpheus seinen Nebenmann Goethe, wie denn ausgerechnet Minos zu der Ehre komme, himmlischer Platzanweiser zu werden, und erhielt die Antwort, er, der große Minos von Kreta, habe seine Zeit als Höllenseelenrichter abgebüßt und sich zusammen mit Papst Coelestin III auf diese Stelle beworben. Nun ja, erklärte Goethe, wie man sehe, habe er den Zuschlag bekommen.

Vieles wollte Orpheus den Minos persönlich fragen, doch ein gut vernehmbares Klopfen des Poetenstabs Dantes mahnte zu Ruhe.

„Anwesende", hub er an, „wir sind heute versammelt, um drei Tagesordnungspunkte abzuhandeln: TOP I: Umbesetzungen der Literaturlounges, TOP II: Zulassung weiterer Personen. Unter TOP III: Verschiedenes sollten wir über die Rolle der Literatur sprechen. Wir, die Mitglieder

der Literaturlounge I, wissen ja von der Unruhe in anderen Lounges."

Raunen, wissende Blicke. Nur Bukowski war damit beschäftigt, die Asche, die von seiner Zigarette auf das blütenweiße Gewand gefallen war, wegzuwischen, was allerdings zu unschönen Schlieren führte.

„Ja", fuhr Dante fort, „es gab Tumulte, insbesondere in Lounge III. Natürlich hatte sich dieser Friedrich Schiller schon länger darüber beklagt, dass er nicht hier in Lounge I seinen Platz gefunden hat. Und natürlich war zu erwarten, dass er sich mit Georg Büchner zusammenschließen würde, diesem ungebildeten, überschätzten Schreiberling. Wir müssen also heute darüber befinden, ob einzelne aus unseren Reihen ihren Platz räumen und gewissen Leuten aus Lounge III überlassen sollten."

Johannes Mario Simmel und Thomas Mann durchfuhr ein zartes Flämmchen von Unsicherheit. Hatte nicht gerade er, Simmel, die Literatur breiten Schichten zugänglich gemacht? Andererseits: Wo waren Tolstoi und Dostojewski? Am Jenseitsglauben oder mangelnder Religiosität oder etwa dem falschen Glauben konnte es nicht gelegen haben. Was hätten sonst Orpheus und Sokrates für ein Recht – und trotz seiner sexuellen Ausrichtung war Thomas Mann ja auch in den erlauchten Kreis gerückt.

Seit alle Werke der Weltliteratur in Celestin, der

himmlischen Esperanto-Einheitssprache vorlagen, schätzte man die sokratischen Dialoge, hatte Sokrates in den Kreis berufen, während sein Schüler Platon im Purgatorio ausharrte.

Petrus persönlich hatte sich dafür eingesetzt, Andreas Gryphius aufzunehmen. Böse Zungen behaupten allerdings, dass es bei diesem miesepeterischen Dichter, für den die Erde nur Tand, Elend und ein Fraß der Flammen war, aus Paritätsgründen zum Aufstieg in Lounge I gekommen war, weil noch ein Repräsentant des Barock fehlte. Aber es waren nur Gerüchte.

Als wieder Ruhe eingetreten war, hob Stefan Zweig die Hand. Dante erteilte ihm das Wort.

„Ich möchte zu bedenken geben", sprach Zweig, „dass in unseren Reihen nicht eine einzige Schriftstellerin zu finden ist. Gerade die Frauen …"

… wollte er fortsetzen, wurde aber durch höhnisches Gelächter übertönt. Irritiert schaute Zweig in die Gesichter.

„Lächerlich!" entfuhr es Orpheus und Goethe fast gleichzeitig.

„For heaven's sake!", schrie Shakespeare, "Probleme im Theaterbetrieb gab es erst, als Frauen ins Ensemble kamen."

„Andererseits …", lallte Charles Bukowski, der vor Vergnügen über das Thema einen Teil seines jahrtausendealten Whiskys auf das Gewand von James Joyce verschüttete, „andererseits würde das unsere Versammlung bereichern. Und nicht die niederen Engel würden uns Fingerfood, Getränke und Zigaretten reichen, sondern Frauen. Vielleicht könnte man ihre Gewänder etwas kürzen und tiefere Ausschnitte …"

Dante unterbrach ihn erzürnt: „Wir werden das Thema vertagen. Damit entfällt TOP II."

Dante fuhr fort: „Kommen wir also zum Kern von Top I. Gibt es jemanden, der freiwillig seinen Platz räumt?"

Bukowski hob mühevoll den Arm, was Dante als freiwillige Meldung missverstand. Dabei hatte er nur einen der niederen Engel herbeiwinken wollen, um einen Cuba Libre zu ordern.

Goethe meldete sich zu Wort: „Es ist ein gar trefflich Streiten. Doch was verschlägt es, wenn sich alle hier Anwesenden einem Dichterstreite stellen? Entscheiden sollen die Engel."

Applaus.

Der Vorschlag fand Zustimmung. Die Sitzung wurde für zwei Äonen unterbrochen, um dem

Vorsitzenden Dante Gelegenheit zu geben, ein geeignetes Thema zu finden.

Nach Wiederaufnahme der Sitzung verkündete Dante die Aufgabe:

„Lasset alle Prosa fahren; gedichtet werde nun. Der Engel gerechtes Urteil werde sodann befolgt. Ich verkünde das Thema. Es lautet: Die Welt. Vier Zeilen darf der Text haben, keine mehr! Jeglicher Applaus ist untersagt, um die Jury nicht zu beeinflussen."

Die Namen der Anwesenden wurden auf Zettel geschrieben und in einen Topf geworfen. Minos kam die Aufgabe zu, in den Lostopf zu greifen und die Reihenfolge zu bestimmen.

Als erster musste James Joyce dichten.

Er erhob sich langsam und schritt zu dem bereitgestellten Pult. Er begann:

> In Hibernias großem Moloch
> fand sich ein Mädel sanft,
> den Rosenkranz geschultert,
> die Tüte voller Hanf.

Die Juryengel machten Notizen. Nummer 2 war Theodor Fontane:

> Beim Wandern hat sich mir erhellt,
> die Lust, Natur zu ahnen,

nicht Krieg, nicht Kampf und Fahnen –
Wald, Sträucher, Seen – das ist Welt.

Goethe wollte zu einem Applaus ansetzen, erinnerte sich jedoch an das Applausverbot. Stattdessen schaute er Orpheus hinterher, der gemessenen Schrittes das Podium bestieg. Er begann:

Oh Zeus, erhabner Himmelslenker …

Entsetzen in den Augen der Dichterkollegen. Ein feiner Blitzstrahl hatte Orpheus getroffen.

Eilfertig huschten zwei Ambulanzengel heran und entfernten die Ascherückstände des thrakischen Sängers.

Noch ganz benommen von diesem Ereignis musste Shakespeare seinen Text vortragen:

Die Welt ist keine Bühne
Und wir sind mehr als Spieler.
Das Leben ach so vieler
Ist Leid und Not und Sühne.

Gryphius war Begeisterung anzumerken, doch er enthielt sich regelkonform des Applauses.

Stefan Zweig, an dem nun die Reihe war, würde es gegen den englischen Barden schwer haben. Trotzig hub er an:

Die Welt ist eine Seele
Voll Ungeduld und Lust.

Abgründig schnürt es dir die Kehle,
wenn eingestehn du musst.

Die Juryengel kritzelten ihre Urteile behend
auf ihre Täfelchen, während Charles Bukowski
versuchte, das Pult zu erreichen. Er blieb vor dem
Podium stehen und trug vor:

Sie lag vor mir, ich gab ihr Geld.
Seidenumhüllt,
abgefüllt und zugemüllt.
Und draußen tote Welt.

Ein Blick zu den Engeln, dann verließ er
triumphierend den Bühnenbereich, den er Johannes
Mario Simmel überließ. Simmel lächelte den Engeln
zu und begann:

Kein schöner Platz im ganzen All
Als hier im schönen Himmelssaal.
Auch wenn die Welt zusammenfällt,
ist mir egal: Adieu, du Welt.

Simmel erwartete wohl irgendeine Art von
Applaus oder zumindest zustimmende Blicke. Er
war sich der Unvollkommenheit seiner Reime
bewusst, glaubte aber, den Engelgeschmack
getroffen zu haben. Beruhigt und in Erwartung eines
weiteren langweiligen Endzeitgedichts des nächsten
Kandidaten nahm er fast schon siegessicher seinen
Platz wieder ein. Ja, Gryphius war an der Reihe. Er

jammerte mehr, als dass er sprach:

> Der Welten Gewalten verhallten
> Im grauen Feld der Ödnis.
> Um das Seufzen und Zetern und Klagen
> Nur Finsternis und Höllenplagen.

Dante seufzte tief und versuchte, sich nicht anmerken zu lassen, dass Gryphius nicht sein Favorit war. Goethe schon eher. Und dieser stand auch schon dort. Kerzengrade. Als Vorletzter. Goethe deklamierte:

> Sonn' oh Sonn', des Leuchtens bar
> Verhüllst dein Haupt. Der Sterne Schar
> Wacht droben jetzt am Himmelszelt
> Und kündet froh den Schlaf der Welt.
> Drum auf, du Lieb', ich wünscht …

Ein Jurymitglied fuhr dazwischen: „Vier Zeilen, keine einzige mehr!"

Goethe hob sein Haupt voller Verachtung und verließ die Lounge. Dante versuchte ihn zurückzuhalten, doch er hatte schon die Eingangspforte aufgetreten, war den Flammenschwertern der Cherubim ausgewichen und hatte den Korridor erreicht.

Nur Sokrates hatte noch keinen Reim vorgetragen. Leicht schwankend betrat er das Podium. Er bedauerte nun, dass er an Bukowskis Zigarette gezogen hatte. Statt eines Gedichts sagte er:

„Ihr Juryengel, wenn das Schicksal es so bestimmt hat, werde ich mich nicht widersetzen. Ich gehe mit Goethe in eine andere Lounge."

Die Angelegenheit war geklärt. Nach dem Aschetod des Orpheus, dem freiwilligen Rücktritts Goethes, dem sich Sokrates angeschlossen hatte, waren drei Plätze frei geworden. Die Engel waren zufrieden.

Die Sitzung wurde ohne TOP III beendet.

Das hölzerne Pferd

Der weise Seher Kalchas hatte soeben den Griechen geraten, nicht länger an einer militärischen Lösung festzuhalten. Viel zu lange schon belagerten sie Troja und des Priamos Festung.

Es war Odysseus, der auf die Idee verfiel, ein riesiges Pferd aus Holz zu zimmern und es mit Griechenhelden zu füllen. Achilles war zunächst dagegen, musste sich aber der Mehrheit beugen.

Die Holzarbeiten zu organisieren war Aufgabe des Ingenieurs Epeios. Während er die aus der Ferne herbeigeholten Baumstämme bearbeiten ließ, saß Odysseus in seinem Zelt und übte heimlich. Wie jeden Tag seit fast zehn Jahren arbeitete er an der Verbesserung seiner Kenntnisse der trojanischen Sprache. Diese Mischung aus luwischen und hethitischen Elementen hatten ihn anfangs vor einige Probleme gestellt, aber mit viel Übung war es ihm gelungen, sich mit nur noch leichtem griechischen Akzent dieses frühanatolischen Dialekts zu bedienen. Er erfand Gesprächssituationen, in denen er beide Gesprächsteilnehmer spielte. Außerdem wollte er seine Kenntnisse unbedingt für sich behalten, man weiß ja nie.

Wenige Wochen nach Baubeginn war das Werk vollendet. Hoch ragte der Hals des Holzgestells in den Himmel. Doch wer hatte den Mut, sich in diesem Monster einschließen zu lassen? Der alte Nestor erklärte sich bereit, doch Neoptolemos überzeugte ihn, lieber die Flotte hinter die Insel Tenedos zu führen und sie dort verborgen zu halten, bis das Zeichen zum Angriff gegeben würde. Dann stieg er selbst in den Bauch des Pferdes, gefolgt von Menelaos, Diomedes, Sthenelos, Odysseus natürlich und noch wenigen anderen.

Einzelne Helden fanden es merkwürdig, dass Bart und Haar des Odysseus völlig ungepflegt waren und dass er so etwas wie abgerissene Bettlerkleidung trug. Aber sie hielten es für einen weiteren Trick des Listenreichen und schenkten ihm nicht weiter Beachtung. Auch die Lederriemen, die er bei sich trug, waren ihnen keinen Gedanken wert.

Zuletzt kletterte der Baumeister des Pferdes, Epeios, der den Klappenmechanismus erdacht und eigenhändig ausgeführt hatte, hinein. Schließlich kannte er das ausgeklügelte Scharnierensystem am besten.

Nun sahen die Trojaner Feuer. Waren es wirklich die Zelte der Griechen, die dort abgebrannt wurden? Und die griechische Flotte? Sie zog ab? Hatten die Griechen aufgegeben?

Doch was war das? Ein hölzernes Pferd, einem Pferd ähnlich, stand auf dem Strand. Voller Freude über diese unerwartete Wendung des Schicksals öffneten sie die Tore der Stadt und rannten zum Strand hinunter. Allerdings waren sie vorsichtig genug, ihre Rüstungen anzulegen, denn Griechen war nicht zu trauen, auch wenn sie Pferde bauten.

Nun standen sie vor dem hölzernen Ungetüm und überlegten, was es damit auf sich hatte.

Laokoon, der Priester der Trojaner, kam in einer Art Galopp – sein Alter ließ ein rhythmisches Laufen nicht mehr zu – auf die versammelten Trojaner zugerannt und brüllte schon von weitem, dass dieses Tier Unheil bedeute. Doch Priamos versuchte ihn zu beruhigen.

Plötzlich sahen sie unter dem Pferdebauch einen jungen Griechen, der sich hinter den Vorderläufen versteckt hatte. Es war Sinon, den Odysseus zum Geheimagenten ausgebildet hatte. Nun konnte er sein hinterlistiges Schauspiel beginnen: Die Griechen hätten ihn opfern wollen, um glückliche Winde für die Rückkehr in die Heimat zu haben. Er sei geflohen, habe sich im Sumpf versteckt und sich an dem Pferd verborgen, in der Hoffnung, die Trojaner würden ihn verschonen.

Die Lügengeschichte rührte die Trojaner, zeigte sie doch erneut, wie grausam die Griechen sogar mit ihren eigenen Leuten umgingen.

Priamos, der gütige König, gewährte Sinon Zuflucht, wenn er sagen könnte, was das Pferd bedeutet.

Nun konnte Sinon seine Geschichte zu Ende bringen. Er blickte Priamos in die Augen und sagte: „Dieses Pferd ist ein Weihegeschenk für die Göttin Athene, die besänftigt werden muss, weil das Palladion, ihr Götterbild, aus dem Tempel gestohlen worden war. Kalchas, unser Seher, oder sollte ich jetzt vielleicht sagen: deren Seher – ich hasse mein eigenes Volk ja jetzt mehr als euch Trojaner – hat dafür gesorgt, dass das Pferd so groß ist, dass ihr es nicht in eure Stadttore ziehen könnt. Denn dann stündet ihr unter dem Schutz der Athene."

In diesem Augenblick kam der Priester Laokoon noch einmal und flehte Priamos an: „Priamos, bevor du etwas Unheilvolles befiehlst und das Pferd in die Stadt ziehen lässt, gib mir eine Chance, dir zu beweisen, ob das Pferd gefährlich ist oder nicht."

Aufgrund seiner zahlreichen Verdienste gestattete Priamos dem weisen alten Mann, sein Experiment durchzuführen. Laokoon rief seine beiden Söhne und deren Freunde herbei. Einer der Söhne brachte einen riesigen Bohrer, den er mit Hilfe zweier Freunde am Bauch des Pferdes ansetzte. Der Bohrvorgang dauerte eine ganze Weile, denn das Holz stammte vom kretischen Idagebirge und war massiv, hart, fast undurchdringlich. Doch das erste größere Loch war gebohrt. Daneben folgten drei weitere.

Im Bauch des Pferdes machte sich Panik breit. Was hatten die Trojaner vor? Durch die Bohrlöcher sahen sie den gelben Sand des Strandes. Und nun?

Der zweite Laokoonsohn und seine Gefährten zogen einen Kessel mit glühenden Kohlen unter das Pferd. Dann legten sie grüne Blätter auf die brennenden Kohlen. Ätzender Rauch erhob sich. Mit einem umgedrehten Trichter leiteten sie den Qualm durch die Bohrlöcher in das Innere des Pferdes. Laookon legte seinen Finger auf die Lippen und hieß die Trojaner zu schweigen. Es war Sthenelos, der als erster hustete. Priamos runzelte die Stirn. Er hatte das Husten vernommen. Immer mehr des ätzenden, grauschwarzen Rauchs gelangte ins Pferd. Nun husteten auch Menelaos und Diomedes. Selbst Odysseus konnte den Rauch nur schwer ertragen, obwohl er mit dem zerfetzten Ärmel seiner Bettlerkutte Mund und Nase zu schützen versuchte. Endlich hustete auch er.

Als Sinon bemerkte, dass die List aufzufliegen drohte, entriss er einem Trojaner das Schwert und stürzte sich hinein.

Nun hob Priamos seine rechte Hand und das Gemurmel der Trojaner verstummte. Nur das Keuchen und Husten aus dem Inneren des Pferdes war zu vernehmen. Dann sprach er: „Legt Feuer an das Pferd und verbrennt das Monster zusammen mit den dort Röchelnden!"

Als der Ingenieur Epeios, dessen Hals schon geschwollen war und der die triefenden Augen geschlossen hatte, das hörte, tastete er nach dem Öffnungsmechanismus. Ein Scharnier bewegte sich, dann tastete er nach den beiden anderen Scharnieren. Die Klappe öffnete sich und heraus strömte beißender Rauch.

Mit der linken Hand zog sich Epeios aus dem Pferd, die rechte Hand als Zeichen des Ergebens in die Luft streckend. Menelaos war erstickt, ebenso vier andere Griechenhelden. Hustend, röchelnd und prustend kamen sie einzeln aus der Seitenwand. Priamos hielt seine Soldaten davon ab, die Griechen zu töten. Er ließ sie in Fesseln legen.

Die Laokoonsöhne hatten mittlerweile den Kohlenkessel entfernt und warteten auf weitere Anweisungen.

Doch da, Hände mit Fesseln an den Gelenken griffen zitternd an die Seitenwand der Luke. Dann schob sich ein Körper in Bettlerkleidung aus der Öffnung und stürzte auf den Sand.

142

Priamos trat an die elende Gestalt heran, dessen Umhang noch Rauch verströmte. Auf Griechisch fragte Priamos, wer er sei und wunderte sich, als der Angesprochene – seine Worte stieß er wegen des Rauchs wie im Stakkato heraus – im trojanisch-luwisch-hethitischen Dialekt antwortete:

„Ich bin … ein Hirte … aus dem … Gebirge … hinter Troja. Die Grie … chen haben mich ge … fangen … und … monatelang verhört … da ich … die Gegend kenne …" Hier nahm er einen tiefen Zug Luft, hustete kurz und fuhr fort: „ Ich sollte ihnen … Geheimwege in die Stadt … zeigen … ich log und sagte, ich kenne … mich besser drinnen … in der Stadt aus. Deshalb befahl Odysseus, mich ins … Pferd zu … stecken. Dann sollte ich sie durch … die Gassen führen, falls ihr das Pferd in … die Stadt zieht."

„Und wo ist Odysseus jetzt?" fragte Priamos in seiner Muttersprache. Da lachte der Fremde und voller Freude sagte er: „Odysseus ist noch im Pferd. Er wird wohl erstickt sein."

Priamos dankte dem Fremden, ließ ihm die Lederfesseln abnehmen und befahl, ihn in der Stadt mit allem zu versorgen. Dann ordnete er an, das Pferd in Schutt und Asche zu legen. Er wollte Odysseus brennen sehen. Odysseus, den Listenreichen.

Der Hirte Paris

Natürlich war Eris oder, wie ihr sie nennt, Discordia, also Zwietracht oder Streit, nicht zu der Hochzeit im Himmel eingeladen. Alle wussten genau, dass sie wie so oft für Streit unter den Gästen sorgen würde.

Aus Rache hatte sie sich etwas Besonderes einfallen lassen. Sie rollte einen goldenen Apfel in den Festsaal, auf dem stand: für die Schönste. Das griechische Original erspare ich Ihnen.

Eris schien die weibliche Psyche sehr genau zu kennen, denn zu allen Zeiten wollten Frauen schön sein. Vor allem schön sein. Wozu sonst der ganze Aufwand mit Schminke und Schühchen und Täschchen und Stutenbeißen. Aber ich schweife ab. Jupiter sollte entscheiden.

Jupiter – typisch Mann – hatte keine Lust, es sich mit den Göttinnen zu verscherzen und sagte zu Juno, Minerva und Venus: „Ihr seid alle die Schönsten!"

Ja, Frauen. Natürlich gaben sie sich damit nicht zufrieden. Was blieb Jupiter anders übrig? Ein Mensch sollte entscheiden. Er wählte einen einfachen Hirten aus. Mich, Paris.

Seine dröhnende Stimme klingt heute noch in meinen Ohren:

„Paris, du musst wählen, um einen Streit zu schlichten. Gib diesen goldenen Apfel der Göttin, die du für die schönste hältst."

Keinen Augenblick später standen sie nur wenig entfernt vor mir: Juno, die Gattin Jupiters, Minerva, die Göttin der Weisheit, und Venus, die Göttin der Liebe. Sie ließen ihre ohnehin schon sehr luftigen Umhänge fallen und standen einfach nur da, nackt in der Sonne. Vor mir.

„Du musst entscheiden, wer von uns die Schönste ist!" sagte Juno. „Dein Lohn wird groß sein", flocht Minerva ein. Venus sagte nichts, weil sie sich des Sieges sicher war.

Ich betrachtete alle drei intensiv. Also Juno war für mich raus, beginnende Cellulitis, die Brüste nicht gerade straff. Minerva hatte eine traumhafte Figur, aber sie hielt dem Vergleich mit Venus nicht stand. Venus war eindeutig die schönste der drei Göttinnen.

Aber langsam. Sie sollen zuerst ihre Angebote machen. Und es war wieder die Dienstälteste, Juno, die begann: „Wenn du mir den Sieg zusprichst und ich den goldenen Apfel bekomme, wirst du Macht besitzen, unendliche Macht."

Minerva war die nächste: „Gibst du mir den Apfel, dann wirst du Weisheit und Klugheit besitzen, mehr als jeder andere Sterbliche!"

Nun trat Venus einen Schritt vor und sagte: „Wähle mich! Dann wirst du die schönste Frau auf Erden die Deine nennen dürfen!"

Sie können sich denken, dass ich etwas Zeit zum Überlegen brauchte. Also, Venus kam überhaupt nicht in Betracht. Die schönste Frau auf Erden …! Was soll ich damit? Die wird verwöhnt sein; ständig müsste ich auf der Hut vor Rivalen sein, das kennt man doch. Und womöglich ist sie nur schön, aber strunzdumm. Venus ist raus.

Wenn ich mich für Juno entscheide, hätte ich doch die Macht, mir jede Frau zu nehmen, die ich will. Aber unter Zwang würde sie mit mir leben, schlafen und so weiter. Ich dachte über Minervas Geschenk nach. Weisheit, Klugheit. Dann wüsste ich doch, dank meiner Weisheit, wie ich mir große Macht verschaffen könnte. Und ganz nebenbei könnte ich – klug und raffiniert wie ich dann bin – auch die schönste Frau für mich gewinnen.

Sie haben es erraten, ich gab den goldenen Apfel der Minerva. Im selben Augenblick spürte ich eine Veränderung in meinem Körper, vor allem in meinem Hirn. Ich erkannte Dinge, die mir bisher verborgen geblieben waren. Im Dorf wunderte man sich einige Tage später, was aus dem naiven Hirten Paris geworden war. Ich saß bei den Dorfältesten und belehrte sie über innovative Strategien im Ackerbau, über mögliche Überdüngung der Felder, über die

Nutzung der Windenergie. Ich hatte viele Ideen, wie man Karren auch ohne Pferde bewegen könnte, hielt sie aber noch zurück, da ich die Konsequenzen nicht recht abschätzen konnte.

Interessant fand ich meine klugen Gedanken zu Politik und Gesellschaft. Könige und Alleinherrscher, so ging mir durch den Kopf, sollten durch gewählte Volksvertreter ersetzt werden. Aber die Zeit war dafür, glaube ich, noch nicht reif. Und erst meine Erfindungen, die ich aber lieber für mich behielt: Wäre es wirklich von Vorteil, wenn Menschen zu jeder Zeit, jeder mit jedem, kommunizieren könnten? Mit einer Art tragbaren Sprechgerät wie das Holzstück aus der sprechenden Eiche von Dodona. Nein, für all das war die Welt nicht reif. Wird es vermutlich nie sein.

Ich will ehrlich zu Ihnen sein. Ich wusste, dass Macht mit viel Verantwortung verbunden ist. Ich hätte sie mir aneignen können. Ich verzichtete darauf. Und Dank Minervas Geschenk war ich klug genug, mir nicht die schönste Frau auf Erden zu sichern. Ich war so weise, dass ich mir diesen Stress erspart habe.

Und so lebte ich viele Jahre zufrieden mit meiner Weisheit. Klar, oft musste ich über die Dummheit hochgestellter Persönlichkeiten lachen, wenn sie wieder einmal zum Krieg riefen oder flammende Reden hielten. Ich zog mich in die fruchtbare Ebene westlich von Athen zurück, wo ich bis heute meine Weisheit genieße. Allein.

Dädalus und Ikarus

Oh, wie Dädalus seine Verbannung auf Kreta hasste! Nach Athen, seinem Geburtsort sehnte er sich.

Sein Sohn Ikarus stand neben ihm, als Dädalus sagte:

„Mág König Mínos auch Lánd und Meér uns zum Flíehen verspérren,
Álles mág er besítzen, die Lúft, die besítzet er nícht!
Dórt also wóllen wir géhen!"

Ikarus ging es auf den Zeiger, wie sein Vater sprach, doch er merkte nicht, dass auch er in dem Rhythmus gefangen war:

„V´ögel sind wir doch nícht, wie sóll das bítteschön géhen?"

Dann fuhr Ikarus fort:

„Kánnst du mir, Váter, mal ságen, warúm du so mérkwürdig spríchst?"

Doch dieser:

„H´ör dich doch sélbst, lieber Sóhn, oder méinst du, das klíngt bei dir ánders?"

Und jener:

„K´önnen wir nícht, lieber Váter, normál zu réden versúchen?"

Dädalus:

„Schúld ist doch díeser Ovíd, der uns zwíngt, hexamétrisch zu spréchen!"

Ikarus:

„Wér ist denn dás? Und was héißt das denn: héxasymmétrisch?"

Und dieser:

„Récht hast du, óh du mein Sóhn, das klíngt wirklich zíemlich beschíssen."

Mit einiger Mühe gelang es den beiden, sich von dem sechshebigen Versmaß zu trennen und sich auf die eigentliche Aufgabe, die Flucht durch die Lüfte zu konzentrieren.

Dädalus sammelte Federn, kürzere, mittellange und längere und legte sie in einer gewissen Ordnung auf den Boden. Dann nahm er Wachs und verklebte das Ganze. Ein paar Seile brauchte er noch, mit deren Hilfe dieses Flügelwerk am Körper befestigt werden würde.

Ikarus sah sich das Gebilde voller Skepsis an.

„Lieber Vater", sagte er, „du magst ja eine große Nummer im Labyrinthbau sein, aber das da, das kann nicht gutgehen!"

Dädalus war verärgert. Er sagte in – immerhin hexameterfreier – Sprache: „Wir ahmen einfach nach, was die Vögel machen!"

Ikarus musste über die Doppeldeutigkeit dieser Worte schmunzeln. Wie oft schon hatten die kretischen Kumpels in der Schule von Herakleion, die er als athenischer Immigrant besuchen musste, weil auf Kreta Schulpflicht herrschte, sich über dieses Wort vor Lachen ausgeschüttet!

„Ich erneuere die Natur!" sprach Dädalus trotzig. Und Ikarus erwiderte: „Du glaubst doch nicht im Ernst, dass ich mir das da umhänge? Wenn es funktionieren sollte, dann wird die Sonne das Wachs versengen, und wenn wir zu tief fliegen, werden die Federn nass. Das war's dann."

Dädalus wurde nachdenklich: „Was schlägst du denn vor, du Besserwisser?"

„Na ja, wir hätten eine Chance, wenn wir Kuh- häute trocknen und so etwas wie Gleitschirme bauen! Aerodynamisch wäre das sinnvoller."

„Wow! Ganz mein Sohn! Superidee! Das könnte gehen!"

„Ja, und vom Meer hoch zu den Wolken gibt es so einen Auftrieb. Archimedes kannte das Prinzip schon. Heißt Thermik."

„Hammer!" entfuhr es Dädalus. „Dann müssten wir drüben auf das Idagebirge klettern, Anlauf nehmen und losfliegen."

„Losgleiten, Vater, gleiten!" korrigierte ihn Ikarus.

Gesagt, getan. Es war kein Problem für die beiden, trockene Kuhhäute aufzutreiben. Dädalus spannte die Haut auf eine ultraleichte Holzkonstruktion.

Vier Wochen später: Der Aufstieg zum Idagebirge war anstrengend, aber die Aussicht auf Freiheit war verlockender als mögliche Gefahren beim Fliegen, nein Gleiten.

Oben angekommen, schnallten sich die beiden die Konstruktionen um. Ikarus rannte los, hob leicht ab und tatsächlich gelang es ihm zu steigen. Dädalus zögerte noch ein wenig, doch dann rannte auch er, so schnell es sein Alter erlaubte, los. Panik ergriff ihn, als er über den Felsvorsprung hinaushüpfte. Doch die Kuhhäute hielten und auch er glitt sanft, getragen von der Thermik, nach oben. Vor sich sah er Ikarus, in der Ferne verschwommen ein paar kleinere Inseln.

Ikarus zeigte auf eine kleine Insel in nordwestlicher Richtung. „Das ist doch Andikythira!"

Und dahinter liegt Kythira, dachte Dädalus, der Junge hat's drauf! Wir landen auf Andikythira, nehmen ein Schiff und sind in wenigen Stunden auf dem Peloponnes.

Ikarus setzte als erster den Fuß auf das Inselchen Andikythira, kurz darauf Dädalus.

Ein Fischer und ein Bauer staunten nicht schlecht, als sie die menschlichen Vögel landen sahen. Sie fielen auf die Knie, hoben die Hände zum Himmel und riefen:

„Hímmlische, schónet doch únser! So fléhn wir und bítten um Gnáde!"

„Lasst den Quatsch! Ich bin Dädalus und das ist mein Sohn Ikarus. Wir hatten keine Wahl. Wir mussten uns etwas einfallen lassen, um diesem König Minos zu entkommen. Wir sind keine Götter. Aber wenn ihr vielleicht was zu essen und zu trinken hättet …"

Aus den Tagebüchern des Odysseus –
Neues aus der alten Welt
(wie aus dem Griechischen übersetzt von DD)

Athen, im Frühsommer 445 v. Chr.

Liebes Tagebuch, lieber Telemach, Penelope,

ihr wisst, dass ich an diesem verfluchten Krieg nicht teilnehmen wollte. Alles wäre anders gekommen, wenn dieser Idiot von Palamedes mich nicht reingelegt hätte. Hölzernes Pferd, alles Quatsch; das war seine Idee, eine geniale, muss ich ja zugeben, aber sie wird immer mir zugeschrieben.

Alles wäre anders gekommen. Ich wäre nicht unsterblich geworden. Dieser Homer hatte mich ja in seinem Buch nach zehn Jahren Irrfahrt zu euch kommen lassen, und du, Penelope, hast nach seiner Version all die Jahre auf mich gewartet. Na ja, wer will es dir verdenken, dass du dich mit einigen der „Freier" eingelassen hast. Immerhin habe ich die Genugtuung, dass man bezahlende Liebhaber später „Freier" nennt: Denn wenn deine Liebhaber Freier waren, dann ist ja auch klar, was du bist, Penelope. Sorry.

Ihr wisst ja selbst, dass das meiste aus Homers Storys Unsinn ist. Aber die Calypso–Geschichte stimmt. Calypso hatte mir Unsterblichkeit und ewige Jugend versprochen, wenn ich bei ihr bliebe. Sie und Nemesis waren es, sie haben sich bei Zeus dafür eingesetzt, mich tatsächlich unsterblich zu machen, aber das sollte die Strafe dafür sein, dass ich den Tod des Palamedes initiiert habe.

Und dass ich jetzt durch die Jahrhunderte irren muss, das ist einzig ihre Schuld. Und ein bisschen auch meine. Gottseidank hat mir Zeus auch ewige Jugend verlieren, damit es mir nicht so geht wie dieser armen Socke, diesem Tithonos.

Ich kann jetzt durch die Zeit reisen, die Zeiten wechseln, wann ich will. Nur Ithaka, die geliebte Heimat, ist mir – so ist es vereinbart – auf ewig verwehrt. Wenn ich in eine andere Zeit reisen möchte, muss ich immer nach Cumae, das ist da irgendwo bei Neapel, zu dieser Sibylla, auch unsterblich übrigens; die zeigt mir dann, in welchen Tunnel ich gehen muss, um in die Renaissance, meine Lieblingszeit, in die Moderne oder in irgend eine andere Zeit zu gelangen.

In meinen Aufzeichnungen werdet ihr sehen, wie neugierig ich war. Immer wieder war ich in Cumae. Das Problem ist, die Nemesis und, ich glaube, letztlich auch Zeus haben nur eine Einschränkung eingebaut: Ich darf beraten, Tipps geben, aber ich darf nicht eingreifen oder selbst aktiv werden. Ich sage euch, das Internet und Flugzeuge hätte ich schon hingekriegt, mit diesem Leonardo da Vinci auf jeden Fall.

Immerhin habe ich eine Menge interessanter Leute auf meinen Irrfahrten getroffen. Und damit meine Erlebnisse nicht verloren gehen, führe ich diese Tagebücher. Per omnia saecula saeculorum. Schließlich habe ich ja ewig Zeit. Kleiner Scherz.

Ich hoffe nur, dass du, mein lieber Telemach, auch unsterblich bist. Jedenfalls hieß es, Kirke soll dich und deine Mutter auch unsterblich gemacht haben, so dass wir uns irgendwann wiedersehen können. Und vor allem hoffe ich, dass diese Eintragungen euch überhaupt erreichen. Wenn nicht, sollen eben andere das lesen.

Aber der Reihe nach. Diese verdammte Palamedes sollte mich holen, mich und ein paar Schiffe mit Besatzung aus Ithaka, nur weil Menelaos nicht auf seine schöne Helena aufgepasst hat. Es hätte ihm doch klar sein müssen, dass es so eine Frau in dem langweiligen Sparta mit einem Langweiler wie Menelaos nicht ewig aushalten würde. Aber musste es ausgerechnet ein Trojaner sein, der sie mitnimmt? Ich hatte mich ja selbst auch um ihre Hand beworben.

Na ja, und jetzt sollten wir alle ran, Troja erobern. Viele andere standen schon bereit, Agamemnon vor allem, aber schließlich ist er der Bruder des Menelaos. Ich hab das Gefühl, dass es ihm um anderes ging als diese Frau zurückzuerobern. Mich brauchten sie, weil ich den höchsten IQ aller griechischen Fürsten habe. Was ein IQ ist, habe ich erst viele 100 Jahre später erfahren von Alfred Binet und William Stern. Jedenfalls hielt man mich für den Klügsten und nannte mich „den Listenreichen". Kann man alles bei Homer nachlesen. Das Problem für mich war, dass dieser Palamedes auch nicht gerade dumm war. Hat mich ein bisschen geärgert, gebe ich zu.

Und dann kamen sie: Palamedes, der alte Nestor und Menelaos selbst – so wichtig war ihn meine Teilnahme – und ich hatte mal wieder eine meiner Ideen. Ich spannte einen Flug an, aber neben den Ochsen spannte ich einen Esel und in die Furchen streute ich Salz statt Samen. Schließlich sollten die beiden ja denken, ich hätte den Verstand verloren. Und ich hatte mir richtig Mühe gegeben, wie ein Wahnsinniger dazustehen.

Muss gerade mal unterbrechen, erhalte eine Nachricht von diesem Dante Aligheri. Das ist nicht der Verteidiger von Bayern München, sondern so ein Pseudoitaliener. Er schreibt so etwas wie eine „Göttliche Komödie", jedenfalls ist das der

Arbeitstitel. Er will mich, den listenreichen Odysseus, als Führer durch die Unterwelt und braucht die Zustimmung, meinen Namen benutzen zu dürfen. Ich habe ihm schon letzten Monat geschrieben, er solle diesen arroganten römischen Dichter nehmen, diesen Vergil. Der ist im Gegensatz zu mir tot. Mal sehen, ob Dante auf mich hört. Dann hätte ich Ruhe vor ihm.

Im Übrigen habe ich seit Homers Ilias und vor allem der Odyssee mit all den erfundenen Storys die Nase voll von Epen in Versform. Und diese neue Form von Italienisch klingt irgendwie komisch, nicht so richtig lateinisch und nicht richtig italienisch wie später im Gattopardo.

Homer hat mich gut aussehen lassen, aber je länger ich auf dieser Welt lebe und je mehr interessante Leute ich kennen lerne, desto weniger bedeuten mir Ruhm und Ehre. Heldentaten? Total überschätzt.

So, habe Dante noch mal geschrieben, er soll mich ruhen lassen und dieser Vergil solle ihn durch die Kreise der Hölle usw. führen. Keine Lust. Wenn du Skylla und Charybdis, amerikanische und italienische TV-Programme, Filme mit Johnny Depp und Mario Barth gesehen hast, brauchst du keine Hölle mehr. Und außerdem war ich schon im Hades, wenn auch nicht ganz tief unten. Wo sonst hätte ich Teiresias sprechen können?

Ihr könnt euch ich gar nicht vorstellen, wie anstrengend das ist, kreuz und quer durch die Welt und die Zeit zu reisen, hin und her, von der Vergangenheit in die Zukunft, quer durch die jeweilige Gegenwart, die dann auch schon wieder Vergangenheit ist und so weiter.

Reisen zu müssen, bloß weil Poseidon und Nemesis … Aber sei's drum. Jedenfalls wollte ich euch noch einmal versichern, dass es mir leid tut, nach Aulis gefahren zu sein.

Also: Palamedes war da, sah mich Irren beim Pflügen. Dieser Fuchs von Palamedes ahnte, dass ich ihm etwas vorgespielt habe. Und weißt du was, Telemach? Dann ging er hin, holte dich aus dem Kinderbettchen, dass der Onkel Dädalus gebaut hatte und legte dich auf den Acker. Er wusste genau, dass ich dich nicht mit dem Pflug zerquetschen würde. Habe ich natürlich auch nicht. Hab den Pflug angehoben und hinter dir wieder abgesetzt. Okay, jetzt wussten die Bescheid und ich musste – alte Griechenehre – mein Gelöbnis einhalten, dem Langweiler Menelaos zu helfen, seine doofe Frau wieder zu bekommen.

Den Achill übrigens hat man ähnlich wie mich reingelegt. Den hatten seine fürsorgliche Mutter

Thetis und sein Vater Peleus in Mädchenkleider gesteckt und unter Mädchen aufziehen lassen, damit er nicht am trojanischen Krieg teilnehmen musste. Er musste Mädchenlieder singen, also so etwas wie später Silbermond oder Xavier Naidoo, und Flachs spinnen. Während der langen Abende am Strand von Troja habe ich ihn später oft damit aufgezogen: „Na, Achill, spinnst du wieder?" Er konnte darüber nicht lachen. Er wurde aber unter den Mädchen entdeckt, weil er zu den Waffen griff, als er glaubte, dass Gefahr drohe.

Was da in Aulis passiert ist, habt ihr sicher alles schon gehört, die Geschichte mit Iphigenie, die wir opfern sollten, um günstigen Wind für die Fahrt nach Troja zu bekommen. Damit will ich euch nicht langweilen. Auch die Geschichte mit dem Pferd kennt ihr bereits, und ich sage noch mal: Ich habe damit nichts zu tun, es war eine Idee von diesem Palamedes.

Übrigens, die Heutigen sprechen, wenn irgend so ein Ausspähprogramm in ihrem Computer sitzt, von einem Trojaner. Gut, es würde jetzt zu weit führen, euch zu erklären, was ein Computer ist oder das Internet. Nur so viel: Ihr könnt mir glauben, dass die Heutigen an alle Informationen kommen, die sie gerade brauchen. Aber unter uns: Schlauer und glücklicher als wir Alten sind die auch nicht.

Ich habe diesen Palamedes gehasst. Okay, was ich dann getan habe, solltet ihr auch wissen. Ich habe einen Phrygier gezwungen, einen Brief zu schreiben, und zwar mit der Unterschrift des Priamos, und ihn an Palamedes zu richten. In dem Brief steht Palamedes wie ein Verräter da, der uns Griechen für Gold verrät. Unter seinem Zelt hatte ich Gold versteckt, dann dafür gesorgt, dass der Brief und das Gold gefunden worden sind. Agamemnon ist stinksauer gewesen und hat Palamedes töten lassen.

Gut, war nicht ganz fair von mir, aber dass ich dafür eine ganze Ewigkeit umherirren soll, finde ich auch etwas übertrieben. Immerhin hat Agamemnon die alte Idee des Palamedes aufgegriffen und dieses Holzpferd bauen lassen. Wie das dann geendet ist, das wisst ihr ja.

So, genug für heute. Muss noch ein paar Nachrichten an Platon, Augustinus und Martin Luther schicken. Erzähle ich euch alles später.

Cincinnati, am 28. August 1969

Liebes Tagebuch,

kann mittlerweile ganz gut Englisch. Es ist eine verrückte Zeit: Unsere Selene, der liebe Mond, hat Besuch bekommen. Drei Amerikaner sind allen Ernstes bis zum Mond geflogen. Und zwei von ihnen, ein gewisser Neil Armstrong und ein Edwin Aldrin, sind letzten Monat auf dem Mond gelandet und aus einer Kapsel gestiegen. Habe mir das den ganzen Tag in meinem Hotelzimmer im Fernsehen angeschaut. Was Fernsehen ist, werde ich bei Gelegenheit beschreiben. Ein Mensch auf dem Mond. Warum das alles sein musste, das habe ich nicht begriffen.

Dabei gäbe es so viel Wichtigeres zu tun. Habe vor ein paar Jahren die Rede eines schwarzen Mannes gehört. Er hieß Martin Luther King. Zunächst dachte ich, ich hätte mich verhört, weil ich ja Martin Luther erst vor 450 Jahren persönlich gesprochen habe. Aber der Mann hat nur diesen Namen.

Die schwarzen Menschen müssen wohl sehr viel gelitten haben in den Jahren, seit sie aus

Afrika hierhin nach Amerika verschleppt worden waren. Wer ist dieser Malcolm X? Muss ich noch herausfinden. Und wer ist Angela Davis? Und wenn ich Gelegenheit habe, muss ich unbedingt einen gewissen Abraham Lincoln sprechen. Den Namen habe ich im Zusammenhang mit den schwarzen Menschen immer wieder gehört. Dazu brauche ich nur 100 Jahre zurückzugehen. Kein Problem.

Aber ich bin sehr nachdenklich geworden. Was haben wir Griechen uns dabei bloß gedacht?

Auf Chios haben wir schon im Jahre 600 eine Sklavenmarkt gehabt. Und unsere Hauptmärkte Delos und Ephesos sind weltbekannt. Ich schäme mich für mein Volk. Und die Römer sollten sich gefälligst auch schämen.

Jedenfalls war ich von der Rede sehr beeindruckt. Er sprach davon, dass er einen Traum habe, dass er davon träume, wie seine Kinder und die Kinder der weißen Menschen am Tisch der Brüderlichkeit zusammensitzen, ohne Streit und ohne Diskriminierung, so nennen sie das, wenn die Bevölkerung eine Gruppe aus irgendwelchen Gründen nicht dabei haben möchte.

Und diesen friedlichen Mann hat jemand letztes Jahr erschossen. Wenn ich meinen Bogen hätte, den mir der liebe Iphitos damals geschenkt hat, hätte ich versucht ihm zu helfen, aber der hängt ja noch in meinem Palast auf Ithaka. Jedenfalls hoffe ich das, aber, wie ihr wisst, darf ich ja da nicht hin.

Unsere griechische Welt war schon kompliziert, denkt man nur an die Unterschiede zwischen Athen und Sparta, aber diese Zeit jetzt ist für mich auch sehr schwer zu durchschauen. Da läuft ein Krieg zur Zeit, Amerika gegen Vietnam, das ist noch hinter Persien und Indien. Auf den Straßen rennen die Menschen zusammen und schreien, weil sie diesen Krieg nicht haben wollen, aber die Oberen halten daran fest. Also wenn man mich fragt, mich, den alten Strategen, so ist dieser Krieg nicht zu gewinnen. Ihr werdet sehen, bald werden sich die Amerikaner zurückziehen.

Was mir aber sehr gut gefällt, ist die Musik hier in Amerika. Ich war letzte Woche an einem Ort im Osten, der Woodstock heißt, und habe mich köstlich amüsiert. Konnte sogar fast meine alte Kleidung wieder komplett tragen, ohne aufzufallen. Ja, das Wetter hätte etwas besser sein können.

Auch im Radio und im Fernsehen kriegt man was geboten. Flower-Power, Rock 'n' Roll und viele, viele neue Gruppen. Eine gefällt mir besonders gut. Sie nennen sich Beatles. Kommen aber aus England, Britannia. Ich wünschte, ich könnte die Musik durch die Ewigkeit tragen, so wie ich die Bücher aus den Jahrhunderten mit mir schleppe und sie verkaufe, wenn ich Geld brauche.

Aber Sibylla hat mir erklärt, dass ich in Cumae nur Naturprodukte in die Zeittunnel und Zeitschächte tragen darf. Leider kann ich den Laptop, den sie in 40 Jahren erfinden werden, nicht mitnehmen; zu viel Plastik, das im Zeitschacht einfach zerfällt. Mit dem Laptop könnte ich all meine Aufzeichnungen speichern, statt sie auf dieses Holzpapier zu schreiben. Und ich hätte Musik, Musik, Musik. Oh ja, diese Musik. Wenn ich wach werde, summe ich meistens irgendetwas von dieser Musik. *Lady Madonna* oder *When my guitar gently weeps*. Ich frage mich, was Phemias oder Demodokos zu diesen Weisen gesagt hätten.

Was ich ein wenig seltsam finde, ist der Geruch des Qualms, der überall zu riechen ist. Meine Gefährten haben damals bei den Lotofagen diese Lotusblätter gegessen und den Weg nach Hause vergessen. Aber die jungen Leute und auch einige ältere hier atmen Marihuana ein und vergessen alles. Das wird „Droge" genannt. Aber es soll noch schlimmere Drogen geben, die einem den Verstand völlig vernebeln. Ich weiß, dass Persephone damals, als sie verzweifelt ihre Tochter suchte, Mohn zu sich genommen hat, um Ruhe zu finden. Die heutigen scheinen Mohn auch zu benutzen. Näheres weiß ich nicht, ist mir aber auch egal. Ich halte mich an die alkoholischen Getränke, die ich seit fast 3000 Jahre kenne. Hier in Amerika trinkt man übrigens Whiskey, aber es ist irgendwie nicht akzeptiert. Man kann ihn kaufen, aber man geniert sich dafür und trägt ihn in braunen Tüten aus den Geschäften. Komisches Volk, diese Amerikaner. Aber ich liebe diese schwarze, süße Limonade.

Habe heute hier in Cincinnati ein paar Bücher verkauft. Eine Ausgabe von Hermann Hesses Siddharta von 1951. Aus der New Classics Series. Die Amerikaner sind ganz wild darauf. Kann ich nicht so recht nachvollziehen, soll mir aber recht sein.

Und ich habe mich von meiner schönen Dante-Ausgabe getrennt.

Natürlich hat Dante mich doch irgendwann verewigt, wenn man das überhaupt bei einem Unsterblichen noch so sagen kann, und mich im 26. Buch seiner Divina Commedia untergebracht. Also ihr seht, er hat doch den Titel Divina Commedia, also „Göttliche Komödie", genommen.

Ich bin in seinem Buch nicht nach Ithaka gekommen, sondern hätte die Gefährten überredet, eine Reise jenseits der Säulen des Herkules zu wagen.

Dieser Dante Aligheri. Ist wirklich eine Nummer. Ich hatte ihm unter vier Augen gesagt, dass es westlich von Afrika noch Land geben muss, und was schreibt er in diesem abgehackten Populäritalienisch?

> L'un lito e l'altro vidi infin la Spagna,
> fin nel Morrocco, e l'isola de' Sardi,
> e l'altre che quel mare intorno bagna.

Und weiter:

> quando venimmo a quella foce stretta,
> dov' Ercule segnó li suoi riguardi …

Der Ignorant! Lässt mich dann weiter westlich, aber immerhin schon weit hinter der Straße von Gibraltar gegen einen Berg fahren und untergehen! Wenn der wüsste, dass ich mit meinen Gefährten als erster, vermutlich jedenfalls, das Land betrat, das man heute Amerika nennt und wo ich gerade sein tolles Buch verkauft habe. Von wegen Leif Eriksson und seine Graenlaendingar. Von wegen Columbus. Ich! Vermutlich ich!

So gelungen ich das Buch auch fand, zumal nach meiner Bekehrung zum Christentum – aber das ist eine andere Geschichte –, so sehr freut es mich insgeheim, dass ich in all den Jahrhunderten nur ein paar Eingeweihte traf, die die Divina Commedia überhaupt kannten, geschweige denn gelesen hatten. Das stört mich überhaupt ein wenig in der Welt, die die Heutigen die Moderne nennen, dass sie von großer Literatur sprechen, von herausragenden Werken der Weltliteratur – aber kein Mensch liest das.

Da werden Goethe und Schiller genannt, Shakespeare, Supertyp übrigens, und die großen Franzosen. Und was sehe ich heute Morgen selbst im sonst so gut sortierten Buchladen The Bookshelf in der Camargo Road? Wieder Hesses „Steppenwolf", Kerouacs „On the Road" – und wo sind die Klassiker?

Glaubt dem alten unsterblichen Odysseus: Wir wären froh gewesen, wenn wir den „Faust" oder Shakespeares „Romeo und Julia" gekannt hätten. Was waren wir doch einseitig auf Kampf und Ehre und Rache fixiert. Das wahre Leben spielt sich auf anderen Ebenen ab. Ich bin diesem Jesus dankbar, dass er mir die Augen geöffnet hat.

Köln, im Herbst 1475

Liebes Tagebuch,

musste heute mein ganzes Latein, das ich ja mit Ovid und Cicero trainiert hatte, aufwenden. Wenn ich sage mit Ovid und Cicero, dann meine ich natürlich die Personen, nicht die Bücher. Was hat mich dieser Marcus Tullius genervt mit seiner Besserwisserei.

171

Dabei glaubte er, sein Griechisch sei perfekt. Da habe ich ihm die Augen geöffnet. Immerhin habe ich Tullius und Naso zu verdanken, dass ich die ganzen Frühmittelaltertypen überhaupt verstehen konnte.

Aber jetzt zur Sache. Ich hatte gehört, dass dieser William Caxton in Köln sei, ein kluger Engländer, der in dieser Stadt das Druckerhandwerk lernte, um es in seiner Heimat anzuwenden. Also suchte ich ihn auf. Das war nicht so einfach wegen der vielen Pilger, die hier Tag für Tag durch die Straßen drängten. Endlich fand ich ihn in einer Herberge unweit der merkwürdig unvollständigen Kathedrale.

Ich stellte mich als griechischen Wissenschaftler vor, der an der Universität Leuven arbeitet. Sein Latein war makellos, allerdings mit einem merkwürdigen Akzent, den ich später auch immer wieder hörte, wenn Engländer oder Amerikaner versuchten, eine Fremdsprache zu sprechen.

Er fragte mich, warum ich ausgerechnet ihn treffen wollte. Ich konnte ihm die Wahrheit nicht sagen, denn er hätte mich für verrückt erklärt.

In ein paar Jahrzehnten, genau im Jahr 1564, das konnte er im Gegensatz zu mir natürlich nicht wissen, würde William Shakespeare geboren werden. Da ich dessen Werke fast alle schon kannte, bevor er geboren wurde, hatte mich der Ehrgeiz gepackt. Ich wollte einfach, dass bis 1600 das Druckhandwerk so ausgereift ist, dass die wunderbaren Werke Shakespeares schnell Verbreitung finden würde.

Caxton erzählte ich, dass ich bei Gutenberg das Drucken mit beweglichen Lettern gelernt hätte und mit ihm zusammenarbeiten wollte. In Wirklichkeit sah die Sache so aus: Ich hatte mich auf einen Wink der Athene, die mir im Traum erschienen war, nach Mainz begeben zu einem gewissen Johannes Gensfleisch, so hieß der junge Mann, der erst später wegen seiner Herkunft, dem elterlichen Hof zum Gutenberg, diesen Namen trug. Auch hier stellte ich mich als griechischer Reisender und Gelehrter vor. Bald saßen wir in einem Schankraum zu Mainz bei einem kräftigen Bier. Wir sprachen Lateinisch.

Scherzhaft bat ich ihn, mich doch einfach Odysseus zu nennen. Dann zögerte ich nicht lange und fiel mit der Tür ins Haus. Das Kopieren von Büchern durch Mönche sei doch eine mühsame und unbefriedigende Angelegenheit. Man könne doch einmal versuchen, Buchstaben aus Metall oder Holz herzustellen, litterae mobiles, diese je nach Bedarf in der richtigen Reihenfolge zusammenstellen und auf einem Brett befestigen, und zwar spiegelverkehrt. Indem man diese dann mit schwarzer oder anderer dunkler Farbe bestreicht und das Ganze auf Papier drückt, könne man einen gedrückten Text erhalten. Man könne ihn übrigens beliebig oft erhalten, in dem man immer wieder neue Farbe auftrüge. Später sagte man übrigens nicht mehr drücken, sondern drucken.

Es dauerte keine Stunde mehr und Johannes Gensfleisch verließ mich. Und ich weiß genau, dass er trotz der vier Humpen Bier nicht zu Bett ging, sondern in seine Werkstatt.

Das Ergebnis ist ja bekannt. Das Jahr war 1449, den Stress, den er danach 1455 mit Johannes Fust hatte, will ich hier unerwähnt lassen. Jedenfalls war das größte Meisterwerk der Menschheit bis dahin mit meiner Hilfe erfunden worden, von Odysseus, dem Listenreichen.

Caxton hörte sich meinen Bericht von der Arbeit bei Gensfleisch an, stellte kluge Fragen, die ich ihm natürlich gern beantwortete. Ich erklärte ihm, dass man die Lettern mit einem Guss herstellen müsse, auf die Zusammensetzung kam es an! Natürlich Zinn und Blei, aber auch Antimon sei notwendig. Caxton horchte auf. Ich erklärte ihm, was Patrize und Matrize bedeutet, wie man das Handgießinstrument einsetzt und wie man die entstandenen Lettern ordentlich in Setzkästen aufbewahrt. Caxton eilte nach England. Meine Mission war erfüllt. Und Will Shakespeare konnte in aller Ruhe geboren werden.

Liebes Tagebuch,

Warum bin ich nicht früher darauf gekommen? In Cumae, wo ich ja mit Hilfe Sibyllas hinabsteige und in die jeweiligen Zeittunnel schreite, stehe ich immer wieder vor dem Problem der Kleidung. Ich stand schon einmal im Hellenismustunnel und hatte noch meinen Brioni-Anzug aus Berlin an. Oder in Paris. Da hatte ich noch mein Griechengewand an und die Leute an der Sorbonne hielten das für eine „Aktion". Sie nannten mich „Aktionskünstler".

Am kompliziertesten finde ich die Renaissance-Kleidung. Mit dem Wams und den bauschigen Ärmeln komme ich bei der römischen Toga zurecht, aber in der Renaissance finde ich das jedes Mal unbequem. Ganz zu schweigen von der Zimarra.

Also, statt wieder unangenehm aufzufallen und erst vor Ort wieder neue Kleidung und Schuhe zu kaufen, habe ich jetzt vor meinen Lieblingsschächten Ablagen und Kleiderständer mit den passenden Kleidern, das heißt, wenn ich ins 19. Jahrhundert reise, liegen dort – alles aus Leinen und Baumwolle – mein zweireihiger Frack, die Hosen samt Hosenträger und die Stiefel. Ja sogar der Zylinder, den ich bei meinem letzten Besuch in München bei Meyer und Söhne erstanden habe, fehlt nicht, auch wenn ich sagen muss, dass ich Zylinder albern finde.

Wenn ich also aus einer Zeit zurückkomme, lege ich die Kleider ordentlich vor dem entsprechenden Schacht ab und kann sie beim nächsten Besuch wieder verwenden. Das spart Zeit. Scherz! Zeit habe ich doch zu Genüge! Aber es war schon lästig, immer wieder die kulturell übliche Kleidung neu zu kaufen. Und manchmal hat der Verkauf der Bücher nicht so viel abgeworfen, dass ich üppig davon leben konnte.

Daher horte ich jetzt auch verschiedene Währungen vor den Schächten, Goldstücke, Silberkopeken, Dollars, und stecke genügend davon in die Röcke, Wamse oder Mäntel der jeweiligen Zeiten.

An eine Bedingung Sibyllas muss ich mich aber stets halten. Alle Materialien müssen, wie bereits gesagt, aus natürlichen Produkten sein, sonst zerfallen sie beim Durchgang durch die Zeittunnel. Auch habe ich erwähnt, dass Bücher und Alltagsgegenstände, sofern sie aus schlichtem Papier, Holz, Eisen etc. sind, unzerstörbar sind. Die kann ich von Zeit zu Zeit mitnehmen und veräußern. Hört sich gut an: „von Zeit zu Zeit …"

Aber man braucht keine homerische Fantasie, um sich vorzustellen, wie moderne Dollar, Pfund, Euro bis zur Unkenntlichkeit zerfallen, wenn ich durch den Schacht geschritten bin, während Gold- und Silbermünzen Bestand haben.

Bezüglich der Kleidung funktioniert das Wiederverwenden ausgezeichnet. Alles aus Wolle, Leinen, Flachs oder solides Leder wie bei uns auf Ithaka. Aber welche Enttäuschung musste ich erleben, als ich mal wieder aus San Francisco kam – oder war es Cincinnati? – und diese wunderbar bequemen Schuhe, die sie Sneakers nennen, auf meiner Reise zu Zar Peter II, den ich in Holland als Peter Timmermann kennengelernt hatte, anbehalten wollte.

Ich tauchte aus dem Cumae-Nebel in Sankt Petersburg auf. Chemise, warmer Pelzmantel und Fellmütze. Nur stand ich barfuß im Schnee auf der *Birschewaja Ploschad*. Die Sneaker, die 99 $ gekostet hatten, hatten sich einfach aufgelöst, weil nur die Schnürsenkel aus Naturmaterial waren.

Ich hätte auf Sibylla hören sollen. Bei aller Unsterblichkeit fror ich wie ein Schneider und war gezwungen, meinen dicken Wollschal in zwei Teile zu zerlegen, die ich mir wie Lappen um die blaugefrorenen Füße band. Bis zum Morgen musste ich warten, um mir Stiefel und Socken zu kaufen. Der Verkäufer sah mich wie einen Bettler an. Als ich aber aus meinem Mantel *Rublewik, Srebenik* und *Zlamik* auf den Glastisch legte, wurde er freundlicher. Auch die Goldmünzen, die ich noch aus Alexandria hatte, erregten seine besondere Aufmerksamkeit. Da ich mich in den Preisen nicht auskenne, hat er wohl das Geschäft seines Lebens gemacht.

Bestimmt hätte er mich an diese *Ochrona* gemeldet, wenn es diese Geheimpolizei schon gegeben hätte.

Um einen Eindruck zu vermitteln, wie es hier in Cumae, dem Eingang zur Unterwelt, jetzt Einstiegspforte für meine Zeitreisen, aussieht, beschreibe ich kurz die einzelnen Abteilungen. Hat ja nicht jeder das sechste Buch von Vergils Aeneis zur Hand.

Als ich Sibylla zum ersten Mal getroffen habe, hat sie mir die hundert Schächte gezeigt, die hinabführen. Dieser Vergil, weiß der Teufel, woher er das wusste, hat das völlig richtig beschrieben:

„*... quo lati ducunt aditus centum, ostia centum ...*"

Da ich weiß, wie weit die Heutigen das Lateinische verscheucht haben, übersetze ich es lieber:

„... wohin hundert breite Zugänge führen, hundert Mündungen ..."

Dies sind also die hundert „Mündungen", durch die ich schreiten muss, um in die jeweiligen Zeiten zu gelangen. Aber zur eigentlichen Unterwelt muss man sich ein Stück rechts halten. Zunächst geht es durch ein trübes Dunkel bis zu einem Fluss, dem Acheron; um wirklich bis in die tiefsten Tiefen zu kommen, muss ich, auch wenn ich unsterblich bin, einen goldenen Zweig pflücken, der mir alle Pforten öffnet und alle Bereiche erschließt.

Die Höhle ist gewaltig, geschützt von einem schwarzen See. Unglaublicher Gestank. Dann geht es weiter *„perque domos Ditis vacuas et inania regna"*, wie Vergil schreibt, durch das kahle Haus des Pluto und das Reich der Schatten. Tja auch richtig, lieber Vergilius Maro!

Und links und rechts hocken sie, die Wesen, die wir aus dem Leben kennen: Die Trauer mit blutunterlaufen Augen, da drüben die nagenden Sorgen, Dämonen der Krankheiten, Armut, Hunger, Mühsal; alle schlimm zugerichtet. Aber noch nicht genug: Es folgen die Furien, dort kauert Discordia, die Zwietracht.

Dann kommt man an einen Baum, in dem die Albträume hausen. Nicht zu vergessen all die Freaks am Wegesrand, die Zentauren, die Skyllen, die lernäische Schlange, Chimära, die Gorgonen. Ich kann sie nicht alle aufzählen.

Endlich erreicht man den Fluss, an dem ein zotteliger, struppiger Alter mit glühenden Augen sitzt. Sibylla hat mir seinen Namen zugeflüstert: Charon, der Fährmann, der die Toten hinüberfährt.

Was dann folgt, zerreißt einem fast das Herz. Eine unübersehbare Menge an schaurigen Gestalten, Menschen allesamt, versuchen, Charon zur Überfahrt zu drängen. Sibylla hat mir erklärt, dass es die Unbestatteten sind, die hundert Jahre auf die Überfahrt warten müssen. Es folgt eine große Zahl weinender Kinder, dahinter die Selbstmörder, die ihre Tat laut beweinen.

Ich hatte keine große Lust, mit diesem Zottel von Charon überzusetzen, aber um wirklich zu wissen, was darunter los ist, nahm ich die Fahrt auf mich. Was hatte ein Unsterblicher wie ich schon zu befürchten?

Schlammig war es auf der anderen Seite. Die Seelen tauchen in ein anderes Gewässer ein, das sie alles vergessen lässt. Der Name ist mir entfallen.

Und zu allem Überfluss brüllt oder besser bellt da ein Untier, Cerberos, mit drei widerlichen Köpfen. Den hat Sibylle glücklicherweise irgendwie zum Schlafen gebracht. Welche Funktion Rhadamantus und Minos da unten haben, habe ich vor lauter Aufregung vergessen. Ich war so unruhig, dass ich nicht mehr genau weiß, was Sibylla mir von der Seelenwanderung erzählt hat.

Aber ein Erlebnis ließ mich nicht los. Zwischen einer Vielzahl von Helden sah ich einen, der mir aufs Haar glich. Sibylla nannte ihn Odysseus, auch Ulixes; die Trojaner um ihn herum forderten seine Bestrafung, wegen seiner List, klar. Wusste keiner hier, dass ich dieser Odysseus bin? Habe ich das alles geträumt? Oder war ich in einer Parallelwelt? Surreal das Ganze. Da schaue ich mir selbst zu. Ich war völlig verwirrt.

Dann kamen wir an einen Scheideweg. Links ging es zur eigentlichen Hölle, wo die Bösen bestraft werden. Das einzige, was ich davon gesehen habe, war ein hoher Turm, auf dem im langen Umhang eine weibliche Gestalt saß und den Eingang sicherte. War das Tisiphone?

Nach rechts ein wunderschöner Weg. Eine Pforte öffnete sich und gab den Blick frei auf strahlende Gestalten. Es roch nach frischem Lorbeer. Und was ich jetzt zu sehen bekam, verschlug mir den Atem.

Ich sah als schimmernde, durchsichtige Gestalten einige von den Menschen, die ich schon kannte.

Pythagoras, Platon, dann aus der späteren Zeit Augustinus, ein paar Päpste. Und Gestalten der Neuzeit, Künstler, Schriftsteller, Erfinder, lauter Leute, die eigentlich noch gar nicht geboren waren.

Sibylla hat mein Erstaunen gespürt und mich aufgeklärt, indem sie auf einzelne Wesen gezeigt und sie beim Namen genannt hat. Ich gebe zu, dass ich von den meisten nie gehört hatte. Albert Einstein, Albert Schweitzer, Immanuel Kant ja, aber die anderen? Es sind einfach zu viele.

Die von Sibylla festgelegte Zeit schien abzulaufen. Sie drängte zur Eile und führte mich an eine riesige Pforte aus Elfenbein. Diese öffnete sich und ich musste meine Augen vor dem Sonnenlicht schützen, als wir ins Freie traten.

Muss jetzt mit dem Schreiben aufhören. Die Erinnerung macht mich völlig fertig. Ist das alles in Einklang zu bringen mit meinen Erlebnissen in Indien und im vorderen Orient? Was lehrt Buddha? Und wie kann ich die Lehren der katholischen Kirche einordnen? Muss ich das überhaupt? Ist meine Unsterblichkeit vielleicht doch eher ein Fluch?

Sehne mich nach Entspannung. Vielleicht sollte ich zur Entspannung tatsächlich noch einmal ins

Jahr 2012 nach Mallorca? Nur Strand, Sonne und fröhliche, alkoholisierte Menschen. Muss erst einmal was essen. Mal sehen.

Port d'Andratx, am 17. Juli 2012

Liebes Tagebuch,

habe es tatsächlich getan. Sitze in einem schicken Hotel in Port d'Andratx auf der Insel Mallorca. Gehört zu Spanien.

Vor wenigen Stunden habe ich Sibylla gesagt, dass ich Entspannung brauche. Sie hat sich ein wenig gewundert, ich habe sogar einen Anflug von Lächeln auf ihrem doch sonst sehr ernsten Gesicht gesehen, als ich mit einer Adidas Ledertasche vor ihr stand, in Shorts und barfuß. Wollte mir unmittelbar nach Ankunft diese bequemen Plastiksneaker kaufen.

Vor dem Tunnel ins 21. Jahrhundert hingen meine Kleider. Aber alles, was ich mitnehmen wollte, war die Adidas-Tasche und natürlich ein paar Bücher. Ich holte ein Bündel Euroscheine aus einer Jack-Wolfskin-Jacke, die mir mein Lehrerfreund Hermann empfohlen hatte, und stopfte das Geld in eine kleine Metallröhre, in der Hoffnung, dass die Scheine den Übergang heil überstehen.

Dann trat ich in den Schacht, der in leichter Neigung abwärts führte. Schwankte noch, ob ich in die 2012er oder die 2013er-Abzweigung gehen sollte, entschied mich für 2012. Der Cumaenebel oder besser die Zeitwolke hatte sich rasch aufgelöst und ich stand im Sand bei Palma de Mallorca. Die Füße brannten und ich ging rasch zur Uferpromenade; da war der Boden zwar ohne Sand, aber genauso heiß. Schnell in den nächsten Laden. Reebok, Asics, Puma, alles vorhanden. Ich schraubte meinen Metallbehälter auf und tatsächlich hatte das Geld bis auf die obersten beiden Hunderter den Übertritt gut überstanden. Wieder ein Problem gelöst. Das Metallröhrchen. Warum auch nicht.

Vielleicht würde ja ein größerer Metallbehälter, vielleicht aus Blei, auch das Mitführen eines MP3-Players mit meiner Lieblingsmusik, Jethro Tull, Steppenwolf, Beatles, Randy Newman ermöglichen.

Ich stelle mir gerade vor, wie ich Mozart oder Beethoven besuche, wie sie sich die Stöpsel in die

Ohren stecken und mit Headbanging und, weil sie ihr Feedback nicht hören, viel zu laut sprechend nach dem Wesen dieses Zaubergeräts fragen.

Und Batterien darf ich nicht vergessen. Tolle Erfindung. Ich werde es ausprobieren.

Die Turnschuhe sitzen perfekt. Hier auf der Insel kann ich ohne Probleme in Sneakers und Shorts essen gehen. Überdies kommt das Essen der Spanier meinen frühgriechischen Essgewohnheiten sehr entgegen. Oliven, Brot, Fisch, Wein. Bei den Nordeuropäern habe ich immer mehr Schwierigkeiten.

Da ich mich auf der Insel nicht auskenne, nahm ich ein Taxi. Auf die Frage, wohin ich denn wolle, wedelte ich mit einem 50-Euro-Schein und zeigte geradeaus. Herrlicher blauer Himmel, wie ich ihn von Ithaka kenne oder von Kerkyra. Das Wasser so blau und so ruhig wie bei den Phäaken.

Ich liebe das Autofahren, das mit nichts vergleichbar ist, was ich in den vielen Jahrhunderten gesehen habe. Man sitzt weich und bequem, schwebt durch die Landschaft. Irgendwann möchte ich selber auch einmal ein Automobil steuern.

Ich suchte ein altes griechisches Liebeslied, während wir auf einer breiten Straße Richtung Sonnenuntergang fuhren. Die Heutigen nennen das

Westen. Wie zufrieden müssen die Menschen doch sein! Essen für alle. Sonne. Meer.

Und da war es wieder. Der Taxifahrer nahm ein kleines, graues Gerät, hielt es an sein rechtes Ohr und sprach hinein. Spanisch kann ich nun wirklich nicht auch noch lernen, aber wer weiß. Er schien jemandem etwas mitzuteilen. Und leise vernahm ich eine Stimme, die eindeutig aus dem kleinen Gerät kam. Ich kenne das Gerät schon von meinen Freunden in Berlin und den Schülern, die damit während des Unterrichts spielten. Telefonieren nennen sie das.

In England, ich glaube, es war 1950, hatte ich noch große, schwarze Vorrichtungen gesehen, die auf Tischen standen oder an Wänden hingen. Man musste eine Art Knochen hochheben und mit dem Finger in runde Löcher greifen, unter denen Zahlen und Buchstaben aufgedruckt waren; dann musste man eine Scheibe drehen und warten, bis eine Stimme sich meldete, während man den Knochen ans Ohr hielt. Auch das nannten sie „tele-phone". Fern-Stimme. Tele-phoné. Dabei wenigstens benutzen sie noch unser schönes altes Griechisch.

Nach 20 Minuten erreichten wir eine Ansammlung von Häusern, die mir gefiel. Weiße

Schiffe dümpelten auf dem Wasser in einem Hafen. Und was für Schiffe! Nur einzelne hatten noch weiße Segeln und sahen von fern aus wie die zwölf Schiffe, die ich für Troja beisteuerte. Die meisten haben einen Motor, wie Autos, und können unabhängig von Winden fahren, wohin sie wollen.

Ich bedeutete dem Fahrer anzuhalten, nahm meine Adidastasche und stieg aus. Port d'Andratx hatte ich am Ortseingang gelesen. Gut, dass es Ortsschilder gibt. Wir mussten uns mit Entfernungssteinen begnügen. Im Mittelalter hielt ich nach den Wappen oder Fahnen auf Burgen Ausschau.

Bevor ich mir ein Zimmer suchte, ging ich auf der Promenade an den dort liegenden Schiffen vorbei. Ich grüßte freundlich, erhielt aber nie einen Gruß zurück, also ließ ich das Grüßen; es war offenbar nicht üblich und andere gingen auch grußlos an Schiffen vorbei.

Aber warum schauten die Seeleute so finster drein? Sie saßen offenbar nur scheinbar entspannt auf merkwürdigen Stühlen und tranken bunte Getränke. Auch Frauen konnte ich sehen, schöne, meist junge Frauen. Frauen auf Schiffen!!!

Vielleicht waren es ja Sklavinnen. Ja, es mussten Sklavinnen sein, sie streichelten die meist sehr viel älteren Herren, reichten ihnen Getränke, während diese in Zeitschriften blätterten. Ob ich mal wieder eine Schiffstour unternehmen soll? Poseidon, wenn es den überhaupt noch gibt, weiß doch nichts von meinem Aufenthaltsort. Aber das Schwimmen, das habe ich immer noch nicht gelernt.

Dann habe ich dieses Hotel gefunden, direkt am Hafen. Der Zimmerpreis schien mir im Verhältnis zu den Turnschuhpreisen recht hoch, aber ich hatte ja ausreichend Euroscheine in meiner Metallröhre. Ich legte einen meiner vielen Reisepässe vor. Diesmal war es ein Pass aus Deutschland. Mache ich aber auch nicht mehr, denn sofort redete die spanische Rezeptionsdame in Deutsch auf mich ein. Ich kann zwar recht gut Deutsch, aber es ist wohl etwas altertümlich. Nun aber musste ich mich auf Deutsch bedanken. Ich hörte noch, wie mir die Dame nachrief: „Früestücke bisse elef Ua."

Ich freute mich auf mein Zimmer mit Fernseher, mit den vielen Programmen und Sprachen. Vielleicht lerne ich ja doch ein bisschen Spanisch. Und der Lift. Gibt es etwas Schöneres als einen Lift? Man sieht zwar nichts, jedenfalls in diesem Lift, aber man ist in kürzester Zeit weit oben im Gebäude.

Liege auf meinem Bett und denke nach. Habe ein Buch von Stefan Zweig in der Hand: Triumph und Tragik des Erasmus von Rotterdam. Typisch Odysseus, mag jetzt wieder einer sagen. Wieder

15. oder 16. Jahrhundert! Was soll's? Es ist nun mal meine Lieblingszeit. Erasmus und Luther. Die beiden muss ich irgendwann sehen!

Mir gehen die blonden schönen Sklavinnen von den Schiffen nicht aus dem Kopf. Habe schon eine halbe Ewigkeit keine Frau mehr gehabt. Stelle mir vor, wie sie neben mir liegt. Wir küssen uns, Penelope verzeih, aber du hast dich ja auch amüsiert, als ich unterwegs war. Und dann? Aber ich darf doch keine Kinder zeugen, das würde die gesamte Geschichte durcheinanderwirbeln. Doch lieben? Warum nicht? Mal sehen, was heute Abend möglich ist.

Muss wohl eingeschlafen sein. Habe von Kirke geträumt und Calypso. Von schönen Sklavinnen, die mich salben. Dann habe ich den Fernseher angeschaltet. Es dauerte eine Weile, bis ich die Technik der beiden Geräte, die wie ein Telefon aussehen, verstanden hatte. So viele Programme. Aber was sind das für Sprachen? Spanisch erkenne ich, Französisch auch, dann mehrere Stationen in deutscher Sprache, englische Programme, aber auch sechsmal ein mir völlig fremdes Idiom. Russisch? Im Hintergrund der Nachrichtensendung ist eine Karte zu sehen, die sich Richtung Sonnenaufgang erstreckt, also noch über das Gebiet der Skythen und

Sarmaten hinaus. Muss dem nachgehen. Warum denn die russische Sprache auf Mallorca?

Dann drückte ich weiter. Discovery Channel. Ich blieb bei einem Programm hängen, in dem es um Troja ging. Mein Troja. Unser Troja. Ilion. Sie nannten es zwar immer Troy, und der Name stand auch oben links in Buchstaben zu lesen, aber sie meinten das Troja, das ich kenne. Es wurde von den Ausgrabungen erzählt, von verschiedenen Schichten, von Grabfunden.

Leute, was ihr da ausgegraben habt, ist nicht Troja, wie ihr meint. Troja liegt viel weiter zum Auster, also zum Südwind, aber ihr habt eine Stadt darüber gebaut. Troja werdet ihr so nie finden. Stolz zeigte einer der Archäologen – Archaio … log … ! Hey, wieder griechisch – ein paar Fundstücke und bezeichnete sie als griechische Götterdarstellungen. Oh Mann, das ist hethitisch. Und das da ist akkadisch. Hat nichts mit Troja zu tun.

Ich musste an mich halten, als der Abspann gezeigt wurde. Das ist das Ende eines Programms, wo Titel und alle, die mitgemacht haben, genannt werden. Schon zynisch, wenn der Titel des Programms „aus der Vergangenheit lernen" heißt. Ich musste laut lachen. Was wollt ihr denn daraus lernen?

Hunger. Zeit zum Abendessen. Ich verließ das Hotel, ging noch einmal an den Schiffen vorbei, wo den Herren immer noch von den Sklavinnen bunte Getränke gereicht wurden. Und auch die Mienen waren immer noch so gelangweilt wie vorher.

Da ich großen Hunger hatte, ließ ich mich schon im dritten Restaurant nieder, nahm meinen Stefan Zweig hervor und wollte lesen, als mein Blick auf eine interessante Frau am Nebentisch fiel. Sie blätterte in einer vermutlich französischen Zeitschrift. Sollte ich sie ansprechen?

Kurz und gut, ich sprach sie an, ich durfte mich an ihrem Tisch niederlassen. Wir sprachen Englisch miteinander. Das Essen kam. Nach dem Dessert tranken wir ein Getränk, das sie Cognac nannte. Cardenal Mendoza stand auf der Flasche. Hier machen Kardinäle also Cognac.

Ich will es kurz machen. Der Kopf des Listenreichen büßte seine Urteilskraft ein, aus dem Zaun der Zähne entwich manch törichtes Wort. Ihr erging es ähnlich.

Vor einer halben Stunde hat sie mein Hotelzimmer verlassen. Wir wollen uns morgen wieder sehen. Zum Baden. Aber erst nach Mittag, wegen Cardenal Mendoza.

Liebes Tagebuch,

habe mich mittlerweile an die neuen Zeitenangaben gewöhnt, die die Menschen benutzen. Sie zählen alles seit Jesus Christus positiv, also eins nach Christus usw., und alles was davor war, negativ, also 333 vor Christus. Das mache ich einfach auch. Wollte unbedingt mal wieder antike Luft schnuppern. Sibylla hat mir den Hellenentunnel gezeigt. Gerade hat dieser Alexander, den alle den Großen nennen, das gesamte Perserreich bezwungen. Wahnsinn, eine logistische und militärische Meisterleistung. Erst Amphipolis, Olynth – habe übrigens ein Nasenspray gleichen Namens in Deutschland gekauft. Kleiner Scherz. Und dann Pydna, dann Chaironeia, Granikos, Issos. Unglaublich.

Ein bisschen widerlich finde ich das alles schon. In Ägypten lässt er sich als Pharao feiern und wird immer mehr zu einer Witzfigur. So etwas mögen wir Griechen nicht.

Das Reisen in dieser Zeit ist sehr beschwerlich. Ich kann zwar Zeiten wechseln, aber fortbewegen muss ich mich wie alle anderen auch. Sehne mich nach den

Flugzeugen der Moderne. Von London nach New York in 3 Stunden durch die Luft mit der Concorde. Irre. Die Produktion dieser Fluggeräte haben sie aber 2003 eingestellt. Oh, ich schweife ab.

Um von hier nach Korinth zu kommen, brauche ich Wochen. Gut, wenn man unsterblich ist, spielt die Zeit eigentlich keine große Rolle, die anderen sind ja nicht unsterblich. Um Diogenes zu besuchen, muss ich nun mal nach Griechenland. Elf Jahre hat er noch zu leben und ich möchte ihn unbedingt kennenlernen.

Liebes Tagebuch,

habe es geschafft. Merkwürdiger Kerl, dieser Diogenes. Es stimmt, was Cicero in den Tusculanen schreibt und was Plutarch im Alexandros berichtet. Hier in Korinth erzählen es die Alten, die dabei waren. Er hat tatsächlich Alexander, also den Großen, abfahren lassen. Alexander hat ihn gegrüßt und ihn gefragt, ob er irgendetwas für Diogenes tun könne. Und was sagt dieser unverschämte Kerl: Ja, geh mir ein Stückchen aus der Sonne! Bewundernswert. Der hatte vor nichts Angst.

Lange konnte ich mich mit ihm unterhalten. Er fand es auch überhaupt nicht ungewöhnlich, als ich ihm meine Story erzählte und ihm von meinen Möglichkeiten, durch die Zeiten zu reisen, berichtete. Es war übrigens das einzige Mal, dass ich jemandem anvertraut hatte, dass ich Odysseus bin.

Ein paar seiner Sätze werde ich nie vergessen. Und ich darf auch nicht vergessen, sie in anderen Zeiten den Menschen unter die Nase zu halten.

Als ich ihm von der Moderne erzählte, hielt sich seine Bewunderung für Fernsehen, Kino, Musik, das Sozialsystem, Krankenversicherung,

Hausratversicherung usw. sehr in Grenzen. Stattdessen sagte er:

„Auf der Jagd nach Vergnügungen um jeden Preis wird ihr Leben immer freudloser und mühsamer, und während sie glauben, für sich selbst vorzusorgen, kommen sie vor Sorge und Voraussicht erbärmlich um."

Ja, er hat tatsächlich wörtlich das Gleiche gesagt, wie man das bei Dionysos Chrysostomos oder bei Diogenes Laertios nachlesen kann.

Mit den anderen Philosophen ist er überhaupt nicht klargekommen, hat er mir gesagt, vor allem mit dem von mir doch sehr geschätzten Platon. Sie haben sich wohl öfter getroffen, Diogenes hat den Platon dann immer wieder auf den Arm genommen wegen seiner Ideenlehre. Die beste Geschichte, die Diogenes mir erzählt hat, war die: Platon hat den Menschen ja definiert als zweifüßiges Lebewesen ohne Federn. Daraufhin habe er, Diogenes, einem Huhn die Federn ausgerissen und es Platon als Mensch präsentiert. Merkwürdiger Humor.

Ich kann mir schon denken, was er mit seiner Philosophie bezweckt: skeptisch bleiben, bedürfnislos leben – das sind seine Ziele. Und wenn alle in den späteren Zeiten von Zynismus reden, ist da schon etwas dran, auch wenn den meisten nicht bekannt ist, dass Zynismus von „kyon, kynos …", also von „Hund" kommt. Bedürfnislos herumtollen wie die Hunde. Wem's gefällt.

Apropos. Bedürfnislosigkeit. Nirgendwo habe ich schlichter und karger, ja man kann auch sagen schlechter gegessen als bei diesem Diogenes.

Mir knurrt der Magen und ich muss an die Insel Thrinakia denken, wo wir nach mehreren Wochen Aufenthalt so hungrig waren, dass Eurylochos die Gefährten überredet hat, ein paar der heiligen Rinder des Helios zu schlachten.

Morgen reise ich wieder nach Cumae. Mal sehen, wie lange ich von Korinth aus brauche.

Berlin, am 25. April 2016

Liebes Tagebuch,

habe noch viel Geld übrig, Euro mal wieder, Geld, das ich für ein Aquarell Albrecht Dürers in Holland bekommen habe. Der Händler war sehr skeptisch, als ich ihm das Werk angeboten habe. Das Aquarell zeigt eine Ansicht von Venedig. Es sei doch so gut wie sicher, dass Dürer nie in Venedig war. Wie ich denn an ein so authentisches Werk komme. Ob ich es aus einem Raub bekommen hätte.

Ich zeigte ihm einige Briefe Albrecht Dürers und – für ihn war es natürlich ein Scherz – sagte, der Meister habe mir Aquarell und Briefe persönlich ausgehändigt, als wir uns in Colmar getroffen haben, wo er vergeblich nach Martin Schongauer Ausschau gehalten hat.

Der Preis, den ich aushandeln konnte, war sehr hoch. Immerhin spürte ich, dass das Bild etwas Besonderes darstellen musste, wenn der Händler schon so viel Aufhebens davon machte. Jedenfalls konnte ich mir landesübliche, zeitgemäße Kleidung kaufen, ohne dass das Geld viel weniger geworden wäre. Ich besitze jetzt zwei Brioni-Anzüge und Schuhe, die so teuer waren, dass man in früheren Zeiten mit dem Geld wochenlang hätte leben können. Und die Ray-Ban-Sonnenbrille. Sieht etwas seltsam aus an mir, aber ich verändere meinen Stil je nach Erfordernis.

Das Problem mit dem Reisepass war schon schwieriger. Ich erinnere mich, mein erstes Reisedokument im Jahr 749 in Italien erhalten zu haben. Ich war gerade Christ geworden befand mich auf einer Pilgerreise, als man mir kurz vor Überqueren der toskanischen Grenze riet, ein solches Dokument erstellen zu lassen. Mein Name stand nicht drauf. Es war ja nur so eine Art Reiseschein mit dem Stempel irgendeines Beamten Norditaliens. Mittlerweile sammele ich diese Pässe für den Fall, dass ich noch einmal in diese Zeit zurückreisen möchte. Ich habe Tractoria für fränkische Beamte, sogar einen Pestbrief für Venedig von 1376 und einen preußischen Eingangspass. Am besten bin ich allerdings mit dem Nansen-Pass gefahren, der an Staatenlose verteilt worden ist.

Aber was sollte ich hier in Berlin, Deutschland, machen? Ich muss zugeben, dass es mir nicht leicht gefallen ist, in Griechenland ein Dokument zu entwenden, das sie hier Personalausweis nennen. Jetzt reise ich unter fremdem, griechischen Namen durch das, was sich seit einigen Jahren Europäische Union nennt. Den Namen des Besitzers möchte ich allerdings nicht schreiben, da mir das Ganze zu peinlich ist. Odysseus, der Listenreiche, stiehlt Dokumente …

Den Lehrer, mit dem ich mich in einem Café anfreundete, besuchte ich in seiner Schule. Man nennt in diesem Land die höhere Schule „Gymnasium" in Anlehnung an unser griechisches Gymnasium. Noch witziger finde ich die Bezeichnung „Lyzeum" für die Mädchenschule. Ich habe ein paar Leute gefragt, aber keiner wusste, dass das Wort „Lyzeum" auf Apollon Lykeios zurückgeht, dem ein Hain geweiht war.

Im Übrigen scheint Griechisch in diesem Land mittlerweile verboten zu sein, denn die Kinder lernen Englisch, Französisch, manche Spanisch und, wenn es hoch kommt, vielleicht noch etwas Latein. Aber von mir im homerischen Original zu lesen ist keinem mehr möglich.

Ich betrat also mit Hermann, so heißt mein Berliner Freund, das Gymnasium, an dem er Politik unterrichtete. Politik unterrichten? Kommt mir komisch vor. Konnte aber nicht sehen, was er in seinem Fach den Kindern beibringt, irgendwie wollte er mich nicht mitnehmen. Statt dessen hat er mich an eine Kollegin von ihm verwiesen. Religion. Die Schüler waren ziemlich laut, einer hat irgendwann etwas durch die Klasse geworfen. Die hören ja alle nicht zu, dachte ich, aber zuhören war gar nicht nötig, da die Lehrerin Arbeitsblätter verteilt hat. So heißt das: Arbeitsblätter.

Blitzschnell sortierten sich die Schüler und auch Schülerinnen zu kleineren Gruppen und begannen irgendwie mit dem Lesen des Arbeitsblatts. Dann haben sie lange miteinander diskutiert. Worüber konnte ich nicht verstehen, dazu war es zu laut. Kurz vor dem Ende der Stunde fragte die Lehrerin, ob es Nachfragen gebe. Dann notierte sie etwas an der grünen Wand hinter ihr. Ich glaube, sie schrieb: Wie hättest du anstelle von Moses gehandelt?

War das Unterricht? Was haben die Kinder da lernen können? Weiß die Lehrerin, was sie da tut? Fragen über Fragen.

Noch merkwürdiger war es im Mathematikunterricht. Die Schüler schienen sehr abgelenkt und wussten auch einfachste Fragen kaum zu beantworten. Und wieder saßen sie einen großen Teil der Stunde in kleinen Gruppen zusammen und lernten voneinander, glaube ich jedenfalls. Aber was? Ich weiß es nicht.

Ich erinnere mich an eine Grammar School in Stratford-upon-Avon in der Church Lane, wo ich 1519 kurz selber unterrichten durfte. Es war still, die Kinder sprachen Griechisch und Latein neben ihrem merkwürdigen alten Englisch. Es war nur Jungen dort und sie waren sehr diszipliniert, arbeiteten hart, konnten ganze Passagen aus Homer auswendig.

Ich weiß nicht, was die Ursache für diese neue Art von Unterricht ist, aber vielleicht ist es ja nur in dieser einen Schule so, dass niemand mehr die Kinder unterweist, sondern sie sich selbst überlässt. In all den Jahrhunderten habe ich mit vielen jungen Menschen sprechen können, aber die geringe Menge des Wissens an dieser Schule hat mich sehr nachdenklich gemacht.

Ja, ich weiß natürlich, dass Schulen früher nur bestimmten Schichten vorbehalten waren und dass die mittelalterlichen Lateinschulen sehr streng und elitär waren, aber das mit der Öffnung der Schule für alle auch das Wissen und die Anstrengung beseitigt wurde, das geht mir doch etwas zu weit. Es gibt nur wenige Situationen auf meiner Reise durch die Zeit, die mich mehr verwirrt haben.

Hermann lud mich zu sich nach Hause ein. Er stellte mich mit meinem gestohlenen griechischen Namen vor. Seine Frau zeigte zunächst großes Interesse, musste aber dann zu einem Yogakurs oder etwas Ähnlichem. Die Wohnung war voller Bücher. Also doch! Soll das heißen, die Lehrer kennen sehr wohl Literatur, geben das Wissen aber nicht mehr weiter?

Wir haben lange miteinander gesprochen, Hermann war sehr freundlich zu mir. Wie gern hätte ich ihm von meinen Zeitreisen erzählt, von den Philosophen, den Politikern, den Künstlern, von meiner Unsterblichkeit. Und nicht zuletzt von meinen Kämpfen vor Troja.

Aber so ist es halt. Immer wieder das gleiche Problem, seit Jahrhunderten immer das gleiche: Wenn jemand mir sympathisch ist, so wie dieser Hermann oder vor 400 Jahren Shakespeare oder Justinian oder Horaz oder sogar Trotzki, kann ich nicht mit offenen Karten spielen, mich nicht öffnen.

Ich hätte immer wieder Freunde haben können, aber wie sollte ich das anstellen? Calypso hat es gut gemeint mit meiner Unsterblichkeit, aber ich glaube Nemesis wusste genau, in was sie mich da hineinrennen ließ.

Venedig, am 17. Mai 1422

Liebes Tagebuch,

Konjunktion von Mars, Jupiter und Saturn! So ein Schwachsinn. Was die französische königliche Kommission da für die Ursache der Pest hielt, ist einfach dummes Zeug. Es waren die Ratten, die mir auch schon bei meinen Fahrten Probleme gemacht haben. Und die Flöhe, die die Bakterien dann auf Menschen übertragen haben. Hätte dieser Schweizer Arzt, wie hieß er noch, schon in Venedig gelebt, wäre der Menschheit viel Elend erspart geblieben. Ja, ich erinnere mich, er hieß Alexandre Yersin. Aber das wird erst 1894 sein.

Und jetzt gehe ich hierdurch diese pestverseuchte Stadt. Ich sehe die Kreuze, die sie auf die Häuser der Erkrankten gemalt haben. Und da, wieder ein Begräbnis. Sie beerdigen ihre Toten wie immer und schleppen die Erkrankten in die Krankenhäuser. Kann das nicht mit ansehen. Überall Gejammer, Gewimmel, Schreie von Kranken, Schreie der Angehörigen. Manche lassen ihre Kranken zurück, um nicht selbst angesteckt zu werden.

Ich kann nicht eingreifen, darf nicht eingreifen. Aber ich habe ihrem Magistrat wenigstens den Rat geben können, außerhalb Venedigs auf einer Insel eine Peststation einzurichten. Sie haben auf meinen Rat gehört und ein Übriges getan: Sie haben bestimmt, dass alle ankommenden Reisenden für vierzig Tage außerhalb der Stadt festgehalten werden. Erst danach dürfen sie einreisen.

Welch ein Elend. Über Frankreich, Spanien, dann hoch in den Norden Deutschlands bis nach Lübeck hat sich die Seuche ausgebreitet. Ich bin kein Heilkundiger, aber was die Ärzte hier in Venedig und anderswo treiben, ist abenteuerlich. Sie schneiden die Beulen auf, oft ohne sich selbst zu schützen. So geht es natürlich weiter, immer weiter. Das Sterben will einfach kein Ende nehmen. Es sterben vor allem die Armen, die in kleinen, schlechten Behausungen wohnen. Wer Geld hat, versucht zu fliehen. Und warum muss ich mir das ansehen? Warum hat mir Sibylla geraten, in dieser Zeit zu reisen? Ausgerechnet in diese Zeit? Und wer ist Alexander Fleming? Was soll ich denn in England?

Paddington, 27./28. September 1928, nachts

Liebes Tagebuch,

nicht sehr schön hier. Diese stickige Luft. Dieser ewige Dunst. Dies ist ein Geheimauftrag der Sibylla. Etwas lächerlich sehe ich aus in dem weißen Kittel. Und als ich in das kleine Labor im St. Marys Hospital komme, ist es fast Mitternacht.

Ich öffne also die Tür und gehe zu einem Metallschrank. Hier sind einige flache Glasschalen mit ekligem Zeug, das ich nicht berühren soll. Liebe Sibylla, ich bin unsterblich, aber wenn du meinst, fasse ich mal lieber nichts an.

Ich träufle ein wenig von meinen mitgebrachten Schimmelpilzen in zwei der Glasschalen. Dann schließe ich vorsichtig den Metallschrank und schleiche auf dem gleichen Weg wieder ins Freie. Den weißen Kittel hatte ich an einem Kleiderhaken am Eingang zurückgelassen.

Dr. Fleming wird also morgen früh sehen, wie die Bakterien rund um den Pilz verschwunden sind. Na toll, dachte ich mir, und was soll das Ganze? Ich kapiere es nicht, aber ich habe es getan, der Sibylla zuliebe.

Liebes Tagebuch,

brauche ein paar Tage Ruhe. Bleibe in der Nähe der Grotte. Ernähre mich gesund, trinke wenig. Nehme etwas Abstand von Sibylla, denn sie ist ja nicht gerade die interessanteste Frau zum Plaudern. Sie lässt nicht locker. Von meinem Schlafplatz aus höre ich, wie sie in der Grotte umherirrt und sinnloses Zeug ruft. Ich schreibe einfach ein paar der Laute, Worte, Sprachfetzen, die sie ausstößt, auf. Wer weiß, ob ich das nicht irgendwann brauchen kann.

Ich höre etwas wie „Benz. Benzin. Die Frau soll fahren. Die anderen werden dann folgen!"

Dann: „Themistokles soll hölzerne Mauern bauen. Nein, Lehman Brothers, nicht Marx Brothers. Gefahr! Das Geld! Pandora öffnet, Fleming schließt."

Wieder dieser Fleming. Was soll ich damit anfangen? So ging das die halbe Nacht, bis auch sie endlich Schlaf fand.

Mir kommen wieder diese schrecklichen Zweifel, ob das alles Sinn hat. Ist unsterblich vielleicht wie lebenslänglich? Also nicht wirklich lebenslänglich, sondern nach ein paar Jahren kommt man da wieder raus? Es gibt Jahre, da reicht es mir, da kann ich mit meiner Unsterblichkeit nicht viel anfangen.

Was nützt mir all mein Wissen, wenn ich nicht eingreifen darf? Ich sehe Menschen in allen Jahrhunderten die gleichen Fehler machen. Sie führen Kriege, bekämpfen sich. Ich habe das goldene Zeitalter gesehen, aber auch das eherne Zeitalter.

Ich liebe das freie Denken der Renaissance, ich verstehe, was Adorno sagt, selbst Karl Marx hat mir etwas zu sagen. Und was machen die Menschen? Sie wollen mehr haben, *cupiditas habendi*, sie glauben an irgendetwas und schlagen andere tot, weil sie nicht dasselbe glauben.

Gut, ich bin jetzt Christ und ich glaube, dass da etwas ist, was mir Augustinus beschrieben hat. Ich möchte daran festhalten. Es hat mich überzeugt.

Aber ich erinnere mich an ein Gespräch mit Abū l-Walīd Muhammad ibn Ahmad Ibn Ruschd, kleiner Scherz, aber so hieß er wirklich mit vollem Namen, mein Freund Averröes, der die Werke des Aristoteles kommentiert hat. Was für ein Genie! Er sprach Arabisch, Griechisch, ja mein Griechisch, und beklagte sich über die Intoleranz der Menschen.

Aber vor allem schmerzte ihn die Unwissenheit. Er wollte die großen Gedankengebäude verbinden, den Aristoteles mit der Kultur des Islam in Córdoba, ja selbst dem Christentum und dem Judentum gab er in seinem Kopf und in seinem Herzen Raum. Alle sollten atmen, alles sollte geprüft werden. Und vor allem: Alles sollte die Menschen weiterbringen, Ihnen Werte an die Hand geben. Verbannt haben sie ihn. Wenn er und Avicenna, also Abū Alī al-Husain... – aber lassen wir das. Wenn die beiden nicht gewesen wären, wüssten wir kaum etwas von Aristoteles.

War schon wieder kurz eingeschlafen. Stimmung etwas aufgehellt. Habe wieder Lust zu reisen. In drei Tagen geht es wieder los. Wohin, weiß ich noch nicht. Aber bitte keine Pestkrankenhäuser mehr.

III

In ferner Zeit

Der neue GZK

„Du sitzt schon so lange hier. Möchtest du nicht eine Pause machen?"

Maxim ärgerte sich über den belehrenden Ton: „Das entscheide immer noch ich selber!"

„Wie du meinst. Worüber unterhalten wir uns jetzt?"

Maxim nahm einen Schluck Kaffee, der mittlerweile fast ganz kalt war. Dann sagte er: „Religion. Ich habe viele Fragen, die ich …"

„Meintest du ‚Weltreligionen' oder willst du wissen, was Religion bedeutet, die Wortbedeutung von Re-ligion?"

„Nein, ich möchte wissen, was dran ist an all den alten Schriften, an dem Reden über Gott."

„Da hast du dir ein schwieriges Gebiet ausgesucht. Aber ich will versuchen, so gut ich es vermag, dir Gott zu erklären."

„Gott erklären? Also gehst du davon aus, dass es einen Gott gibt?"

„Hör zu. Am Anfang schuf Gott Himmel und Erde."

„Ach, das kenne ich doch."

„Ja schon, aber auch du und ich wurden geschaffen. Und zwar letztlich von diesem Wesen."

„Von Gott?"

„Nenn es, wie du magst. Ohne diese Anfänge gäbe es dich und mich nicht."

Maxim dachte einen Augenblick nach. Er rieb sich die Augen, was seinem Gegenüber sofort auffiel.

„Maxim! Nicht doch lieber eine Pause?"

„Vielleicht sollten wir einen Spaziergang machen", schlug Maxim vor. Dann fragte er vorsichtig: „Wie weit kannst du denn mitkommen?"

Die Antwort kam prompt: „So vier bis fünf Kilometer schaffe ich, aber du solltest nicht um den Michelsberg herum gehen, das schaffe ich nicht."

„Einverstanden."

Maxim erhob sich etwas mühsam aus dem

Schreibtischstuhl, auf dem er fast drei Stunden gesessen hatte, nur mit einer Unterbrechung, als er sich einen Kaffee gemacht hatte. Aber das war auch schon eine Stunde her.

Gemächlich schritt Maxim in den Flur, nahm seine schwarze Jacke und vergewisserte sich, ob sein Gesprächspartner ihm folgen konnte: „Und? Geht's?"

„Ohne Probleme. Aber du musst draußen nur etwas lauter sprechen. Du weißt doch: Wind, Straßenverkehr, da hör ich nicht so gut."

„Kein Problem, aber sag schon, was erwartet uns draußen? Du weißt das doch", sagte Maxim.

„Na gut, ich wollte dich nicht langweilen. Also: leichter Wind aus Südwest, vier LKW von links in 34, zwei von rechts in etwa 16 Sekunden."

Als er die Haustür zuzog und losgehen wollte, hörte Maxim das Einrasten der beiden Sicherheitsschlösser an der Haustür und sagte: „Du hast Recht. Sicher ist sicher. Danke. Schließlich stehen eine Menge Werte bei mir herum."

Es wehte tatsächlich ein leichter Wind. Es dauerte nicht lange, bis Maxim den ersten LKW mit der Aufschrift *Spedition Walther* und unmittelbar dahinter einen zweiten sah. Er schaute nach links und erkannte in einiger Entfernung vier LKWs.

„Rede ich laut genug für dich", sprach er, betont klar.

„Ja. Keine Sorge. Ich melde mich schon, wenn ich schlecht höre."

Maxim überlegte, welcher Richtung er einschlagen sollte: „Was meinst du? Rechts Richtung Bahnhof oder links Richtung Felder?"

„Wenn du Joachim begegnen möchtest, sollten wir nach rechts gehen."

„Joachim. Den hab ich schon ewig nicht mehr gesehen. Interessanter Typ."

„Ja. Er hat übrigens ein Buch über Paris geschrieben."

„Aha. Und? Lohnt es sich?"

„9,95 bei Books on Demand, Google Books und Amazon. Noch keine Pressestimmen und Rezensionen."

„Worum geht es in dem Buch?"

„Es ist ein Roman über einen Antiquitätenhändler im Paris des ausgehenden 20. Jahrhunderts, der in einem seiner antiquarischen Schränke einen Stadtplan von Paris findet, auf dem geheimnisvolle Orte verzeichnet sind."

„Hast du es schon gelesen?" fragte Maxim, der

den Weg nach rechts eingeschlagen hatte.

„Sagen wir so: Ich hab es nur gescannt. Oder wie dein alter Deutschlehrer sagen würde: überflogen. Aber ich bin doch gut vernetzt. Sansibar45 kennt den gesamten Inhalt. Auch #Telejoy# hat alle Infos."

„Hört sich interessant an. Und du meinst, wir treffen Joachim?"

„Hast du ‚meinst' gesagt? In wenigen Minuten. Vor Pasquales Eiscafé. Ihr könnt euch ein wenig unterhalten. Ich werde dann einfach mal abschalten."

„Heißt das, es interessiert dich nicht, was er sagt?"

„Doch, schon. Aber ich höre einfach nur zu. Sei mir nicht gram, wenn ich mich da raushalte."

„Gram?" fragte Maxim verwundert.

„Ja, sorry. Alte Wortwahl, etwas obsol…, veraltet: sauer, böse, angefressen, stinkig …"

„Hör auf, es reicht!"

Und tatsächlich tauchte Joachim auf, wie aus dem Nichts.

„Hallo, Maxim! Ewig her. Wie sieht's aus?"

„Hallo Joachim! Ja, lange nicht gesehen. Sag mal, was macht dein Buch?"

Joachim schaute Maxim entgeistert an.

„Woher weißt du davon? Es ist noch gar nicht im Handel."

Maxim war verwirrt und versuchte, die peinliche Situation zu überspielen:

„Ich hab nur gehört, dass du dabei bist, ein Buch zu schreiben. Mehr weiß ich nicht."

Dann stammelte er etwas hilflos weiter: „Und … mmmh … worum … geht es in deinem Buch?" Fast hätte er Paris-Buch gesagt.

„Wenn es dich wirklich interessiert. Also, das Ganze spielt in Paris. Ein Antiquitätenhändler findet eine uralte Karte mit Hinweisen auf mysteriöse Orte in der Stadt."

„Klingt spannend."

„Ja, kann man sagen. Aber sag mal, Maxim. Was ist das da an deiner Jacke? Ein Sticker? Sieht aus wie ein kleines Mikrofon. Nimmst du unser Gespräch auf?", fragte er scherzhaft.

Maxim errötete leicht und log: „Quatsch, das ist meine Verbindung zu meinem GZK. Der regelt alles in meinem Haus: Heizung, Wasser, Sicherheitskameras, Schließanlage. Hab nur vergessen, es abzunehmen."

„Ihr Technikfreaks", entfuhr es Joachim, „ihr werdet schon sehen, wohin das noch führt. Wir werden nirgendwo mehr sicher sein. Aber war schön, dich mal wieder gesehen zu haben. Und wenn das Buch dich interessiert: in vierzehn Tagen auf BoD."

„BoD?"

„Ja, Books on Demand. Es wird erst gedruckt, wenn man's bestellt. Als Technikfreak müsstest du das eigentlich wissen."

Joachim streckte seine Hand aus, Maxim ergriff sie und schüttelte sie länger als nötig. Dann sagte er: „Viel Erfolg mit deinem Buch! Ach, der Titel. Wie wird es heißen?"

„Das Paris-Geheimnis."

„Okay. Werd ich mir besorgen. Mach's gut!"

Maxim blieb noch eine Weile stehen. Dann sagte er: „Hast mich ja ganz schön reingeritten!"

„Konnte ich denn wissen, dass du Joachim auf sein Buch ansprichst?"

„Du weißt doch sonst alles", sagte Maxim patzig.

Ihm reichte der kurze Spaziergang schon jetzt und erst recht, als er hörte, was sein Gesprächspartner zu sagen hatte.

„Joachim hat große Probleme. Nicht nur zu Hause mit seiner Frau. Sein Sohn schmeißt demnächst sein Studium. Seine Leberwerte sind extrem und sein Cholesterin …"

„Mir reicht es", brach es aus Maxim heraus. Er riss die Kabel aus seiner Jacke und warf sie in die Hecke zu seiner Rechten.

Doch dann dämmerte es ihm. Wie sollte er jetzt in sein Haus kommen?

Tele-Phon

Level 0

Leugnung?

Cum episcopi duarum ecclesiarum Ierosolymis crucifix-
um deponant crucemque negent, tempus agendum erit.

Cervo übersetzte die Prophezeiung: „Wenn die
Bischöfe der beiden Kirchen in Jerusalem ihr Kruzi-
fix ablegen und das Kreuz verleugnen, wird die Zeit
des Handelns sein." Dann erklärte er: „Das ist die
Prophezeiung eines Bauern aus dem ausgehenden
achten Jahrhundert."

Gebannt folgten die Zuhörer Cervos Worten.
Die Gruppe, zu der Cervo sprach, bestand aus vierzehn Physikern, darunter drei Wissenschaftlerinnen
vom MIT, dem *Massachusetts Institute of Techno-*
logy, deren Kenntnisse der deutschen Sprache zwar
täglich zunahmen, die aber noch der Unterstützung
eines Dolmetschers bedurften. Dies hatte Damian
übernommen. Bei besonderen Gelegenheiten wurde

in der Gruppe Englisch gesprochen, doch Cervo bestand darauf, die komplexere deutsche Sprache zu verwenden.

Die folgenden Worte Cervos übersetzte Damian sinngemäß:

„Der Bauer traf den Heiligen Toribio im Wald unmittelbar vor Potes am Eingang zu den Picos de Europa. Natürlich hatte der Bauer diese Warnung nicht in lateinischer Sprache gesprochen, sondern in der Sprache der kantabrischen Dörfer, einer Urform des Spanischen. Der Wortlaut wird wohl von unserem verehrten Santo Toribio stammen. Woher allerdings der Bauer die Kenntnis zukünftiger Dinge hatte, bleibt bis heute im Dunkeln."

Die drei Wissenschaftlerinnen sahen sich erstaunt an. Ann van Buren ergriff als erste das Wort und sprach mit erkennbar amerikanischen Ostküstenakzent: „Cervo, darf ich fragen, warum wir diese *pilgrimage* …"

Damian schob das Wort „Pilgerfahrt" ein.

„Okay, Pilger-fahrt. Oh, really? Pilger-fahrt nach Asturien machen?"

Der zweite Teil des Wortes Pilgerfahrt löste bei den Amerikanerinnen eine gewisse Heiterkeit aus.

Cervo antwortete: „Du musst wissen, liebe Ann, dass wir als Hüter der Kreuzestradition …"

Er hielt inne, um Damian Gelegenheit zu geben, *Guardians of the tradition of the Cross* zu übersetzen.

„… als Hüter dieser Tradition nur drei Orte auf der Welt kennen, die für unsere Sache von Bedeutung sind: Jerusalem, der Vatikan und eben dieses Kloster in Kantabrien, *Santo Toribio en Liébana*. Und dort, in diesem Kloster, wird seit Jahrhunderten die bedeutendste Reliquie der Christenheit aufbewahrt: Der größte Holzsplitter vom Kreuz unseres Herrn Jesus Christus, eingefasst in ein goldenes Kreuz, welches sich wohlbehütet und stark gesichert in der *Capilla de la Reliquia de la Santa Cruz* befindet."

Zustimmendes Nicken der Wissenschaftler begleitete Cervos Worte.

„Im letzten Jahr sind alle zwölf Sektionen unserer Organisation gemeinsam nach Covadonga gepilgert, jenem Ort auf der anderen Seite der Picos de Europa, wo wir den Neubeginn gefeiert haben. In diesem Jahr machen wir uns in die grandiose Landschaft der Liébana auf, um das Kreuz zu verehren, bevor wir nur wenige Meilen weiter auf den Gipfeln von Fuente Dé unsere Anlagen in Betrieb nehmen. Die Vorbereitungen für unsere Aktionen haben bereits vor mehreren Jahren begonnen. Die Bewohner der Dörfer im Camalenotal trauten ihren Ohren nicht, als sie erfuhren, dass eine Seilbahn von Fuente Dé hinauf auf die steilen Wände der Picos gebaut wurde. Mit Spendengeldern aus vielen Ländern.

Übrigens, liebe Ann, liebe Holly, liebe Jane, euer MIT war einer der größten Geldgeber."

Cervo blickte in die Runde, als wolle er sich der Anwesenheit der Physiker vergewissern. Dort saßen Gregor und Maximilian, die am Aufbau des CERN beteiligt waren; hier stand Vladimir, der russisch-orthodoxe Gelehrte aus Leningrad, der maßgeblich die sowjetische Weltraumforschung nach vorne gebracht hatte; und hier die Iren, die Deutschen aus den verschiedenen Forschungseinrichtungen der Bundesrepublik und Ole, der schwedische Quantenphysiker, der zum katholischen Glauben konvertiert war.

Ob Experten der Quantenmechanik, Thermodynamik, Halbleiter- und Supraleiterphysik, Photonik oder Monte-Carlo-Simulationen, sie alle hatten sich unter Anleitung Cervos mit dem Beatus-Kommentar der Apokalypse des Johannes beschäftigt. Dies war die geheime Grundlage der geplanten Aktionen.

Die von Cervo geleitete Organisation besaß das reich bebilderte Original des Werkes von Beatus von Liébana. Es wurde an einem geheimen Ort in der Nähe des Klosters unter Verschluss gehalten und nur dann geholt und geöffnet, wenn neu hinzukommenden Wissenschaftlern Einblick in die Formenwelt des Beatus-Kommentars gewährt wurde. Die genaue Kenntnis der Bilderwelten dieses Kommentars zur Geheimen Offenbarung war die Grundlage für die Arbeit der zwölf Sektionen der Organisation.

Ein Gebet wurde gesprochen, dann erklang ein kurzer gregorianischer Gesang, bevor Cervo noch einmal das Wort ergriff: „Wir reisen morgen ab, treffen uns mit den anderen elf Fahnen …“

Er vermied das lateinische Wort *vexilla*.

„… an der Kathedrale von Burgos und reisen gemeinsam zu dem Ort Potes unterhalb des Monasterio. Wir warten dort bis zur Morgendämmerung des 16. April. In diesem Jahr fällt der 16. auf einen Sonntag, das ist wichtig, denn die Puerta del Perdón, das Tor der Vergebung, wird ja nur dann geöffnet, wenn der Tag des Heiligen auf einen Sonntag fällt. Wir steigen dann von Potes hinauf. Wir alle, mit Ausnahme der weiblichen Teilnehmer natürlich, werden durch das Tor der Vergebung schreiten und um Vergebung bitten für das, was unsere Aktionen anrichten werden. Ite missa est! Gehet hin und bereitet euch auf die Abreise morgen vor. Und vergesst nicht: *Cum episcopi duarum ecclesiarum Ierosolymis crucifixum deponant crucemque negent, tempus agendi erit.* Ich sage: *Nunc agendum est!*

Es war im Oktober 2016 gewesen, im Rosen-kranzmonat, als Kardinal Reinhard M. und der protestantische Bischof Heinrich B.-S. in Jerusalem ihre Umhängekreuze abgelegt hatten. Für Cervo und die Organisation ein Skandalon, auch wenn die Akteure nur Werkzeuge waren.

Außerdem hatte man damals angefangen, in Werbebroschüren der Alpenregion die Gipfelkreuze durch Retuschieren unkenntlich zu machen. Skandalös auch das, aber die Prophezeizung bezog sich nicht auf diese Form der Kreuzesverleugnung, sondern erwähnte ausdrücklich die Würdenträger der beiden Kirchen.

Es war Sonntag, der 16. April, der *Dies sollemnis Sancti Toribii*. Die frühe Morgenstunde in Potes war noch sehr kühl. Nur die Umrisse der alten Stadt waren zu erkennen, als aus den Hostales, Pensionen und schlichten Hotels dunkle Gestalten traten und schweigend zum großen Parkplatz der *Estación de Autobuses* schritten. Alle trugen schwarze Umhänge. Alle waren bereit, den Aufstieg zum Monasterio an diesem besonderen Ehrentag des Heiligen anzugehen.

Nur vier der Physiker waren noch in ihrer Unterkunft geblieben: Professor Wilkins, der achtundvierzig Jahre Akustik an der Universität Edinburgh gelehrt hatte, daher für die erste Aktion von entscheidender Bedeutung war. Mit seinen 86 Jahren nahm er sich das Recht, einige Stunden später, aber rechtzeitig zum Hochamt mit dem Taxi zum Kloster zu kommen. Ihn begleiten würde Professor Lefévre aus Dijon, Professor Alvarez, der Astrophysiker aus Salamanca und Professor Enquist aus Uppsala, die es ebenfalls aus Altersgründen vorzogen, auf den mühsamen Gang zu verzichten, um die anderen Pilger auf dem 3,5 km langen Weg nicht aufzuhalten.

Die zwölf Sektionen machten sich auf den Weg. Das kurze Stück an der Landstraße nach Fuente Dé hatten sie schon nach wenigen Minuten hinter sich gebracht. Nun überquerte die dunkle Masse, einem schwarzen Lindwurm gleich, die Straße und schob sich auf den eigens hergerichteten befestigten Pilgerpfad, der zunächst nur sachte anstieg, Meter für Meter höher. Auch das etwas steilere Stück auf einem Kiesweg war schon von den ersten schwarzen Gestalten bedeckt. Die Morgendämmerung gab den Blick auf die Picos de Europa zur Rechten der Menschenkette frei.

Cervo ging voran, dahinter in festgelegter Reihenfolge Sektion II Süd, danach Sektion III Thüringen. Auf Sektion III folgten die norddeutschen Sektionen. Den Abschluss bildete Sektion XII mit ihrem

Anführer Don Benedetto. Er war kein Physiker, sondern kontrollierte gemeinsam mit dem blinden Sir Hathaway das Netzwerk aller deutschsprachigen Zeitungen, Zeitschriften, Radiostationen und Fernsehsender. Die Aufgabe der Sektion XII bestand darin, Information und Desinformation zu betreiben. Der Erfolg ihrer Arbeit war enorm. Niemand im deutschen Parlament, mit Ausnahme zweier Abgeordneter, Angehörige der Sektion XII, wusste von der Macht und dem Einfluss dieser Sektion.

Der Lindwurm hatte die Straße erreicht und die Sonne erlaubte es mittlerweile, deutlich den rot gefärbten Wanderpfad neben der Straße zu sehen. Das Kloster würde allerdings erst am äußersten Ende des Pfades auftauchen. Gerade diese Abgeschiedenheit hatte die Erbauer der Klosteranlage vor Jahrhunderten bewogen, diesen Ort für die wertvolle Kreuzesreliquie zu wählen.

Weniger als eine halbe Stunde trennte den langen Pilgerzug noch von dem Monasterio. Und es waren noch etwa zwei bis drei Stunden bis zum Beginn des Hochamts. In einer Stunde würde der Strom der Autos und Busse das Kloster erreicht haben. Auch Fahrradtouristen, Wanderer und natürlich die politischen und kirchlichen Würdenträger der Region würden durch die *Puerta del Perdón* schreiten, um Vergebung zu erlangen.

Für Cervo und die Sektionen würde die Pforte schon früher geöffnet. Die anderen Besucher würden warten und staunend die schwarze, nicht enden wollende Kette betrachten, aus der sich nur die Frauen lösten, um vor dem Hauptportal der Kirche zu warten.

Ein großes Taxi hielt unmittelbar am Zugang zum Kloster und ließ die vier alten Professoren aussteigen. Langsam gingen sie auf die schwarze Masse zu, Professor Lefévre auf seinen Stock gestützt.

Nun öffnete sich das Tor der Vergebung, doch nicht Cervo durchschritt es als erster, sondern der Erzbischof von Salamanca, dem diese Ehre vorbehalten war. Dann erst ging Cervo gefolgt von den Sektionen durch das Tor. Schnell füllte sich die Kirche und nur wenige Plätze wären frei gewesen, wenn die Sektionen nicht in das für sie reservierte Seitenschiff unmittelbar vor dem Goldkreuz geleitet worden wären. Drangvolle Enge herrschte jedoch auch hier, da dieser Raum die Sektionen nur mit Mühe fasste.

Cervo richtete seinen Blick auf das Goldkreuz. Die *Puerta del Perdón* war durchschritten. Die Aktionen konnten ihren Lauf nehmen.

Noch am selben Tag fuhren Cervo und sechs Techniker der Organisation in einem großen Van die etwa 25 Kilometer nach Fuente Dé. Die Touristen hatten den Ort schon verlassen und der Teleférico, die Seilbahn, wartete auf die kleine Gruppe. Cervo nickte den beiden Seilbahnbetreibern zu. Die Tür öffnete sich, die sieben Personen stiegen ein. Leise schloss sich die Tür und sehr langsam schob sich die Kabine aus den Betonwänden der Talstation, um dann Fahrt aufzunehmen.

Bereits achtmal hatte Cervo diese Seilbahn benutzt. Doch auch jetzt durchfuhr ihn ein Schauder beim Anblick der massiven Felswände, auf die sie zuzufahren schienen. Cervo schaute in die Ferne, sah die roten Dächer der kantabrischen Bauernhöfe.

Es musste beginnen. Und welcher Tag wäre geeigneter als dieser, das Hochfest des Heiligen Toribio! ‚Weser I' wartete auf sein Kommando.

Nach wenigen Minuten erreichte die Seilbahn die Bergstation. Schweigend verließen sie das Gefährt und stiegen eine Treppe hinauf, an deren Ende sich eine schwere Metalltür befand. Cervo legte die rechte Hand fest um den silbernen Knauf und nach wenigen Augenblicken öffnete sich die Tür.

Die sechs Techniker nahmen ihre Plätze ein und fuhren die Anlage hoch.

Einer der Techniker, Samuel, reichte Cervo eine Art Mikrofon. Cervo nahm es, drückte eine grüne

Taste und sprach in das Gerät die Worte: „*VISUR-GIS I. Agendum est. Nunc agendum est.*"

2000 Kilometer entfernt setzte bei ‚Weser I' ein Rauschen ein, das erst dann enden würde, wenn Cervo es anordnete. Die Ereignisse nahmen ihren Lauf.

Level 1

Stille?

Das Handy klingelte. Marc hob ab. Es war Louisa, wie er im Display sah. „Hast du schon gehört? Von den Taubstummen?" sagte sie ohne Begrüßung.

„Welche Taubstummen?" fragte Marc zurück. „Die mit dem Hörer oder Handy in der Hand!"

Dann erklärte sie Marc, dass es in weniger als zwei Wochen verstreut über das ganze Land mehr als vierhundert Fälle von – sagt man Vertaubungen? – Menschen gegeben hatte, die plötzlich taub geworden sind, völlig unerklärliche Fälle.

„Und niemand weiß, wie das passiert?" wollte Marc wissen.

„Ich habe gerade von einem Fall in Augsburg gelesen. So ein taub gewordener Mann mittleren Alters wurde eingeliefert. Die Angehörigen bestanden auf einer Kernspintomographie, da der Patient weder sprechen noch normal gehen konnte. Das Gehirn war vom Ohr aus fast lahmgelegt, hieß es in dem Artikel weiter. Natürlich hatten die Ärzte gefragt, ob es äußere Einwirkungen gab, einen Schlag, Wunden. Und dann hieß es: Der Frontallappen des Gehirns sei angegriffen gewesen."

„Komische Geschichte" war alles, was Marc an Reaktion zeigte, dann fragte er, wann Louisa denn vorbeikomme. Sie einigten sich auf neunzehn Uhr.

Den ganzen Tag überschlugen sich die Nachrichtensendungen mit Berichten über ähnliche Phänomene in Hamburg, Wetzlar, Aachen und Bamberg. Und kein Hinweis auf Viren oder Bakterien.

Cervo war auch nach vier Tagen auf der Bergstation noch ohne Anzeichen von Müdigkeit. Doch in seiner spärlichen Unterkunft, die man eher als Koje bezeichnen könnte, lag er jede Nacht lange wach. Würde die Aktion ‚Weser I' wirklich etwas bewirken? Wie weit hatten sich die Menschen im

Land schon vom Wesentlichen entfernt! Er erinnerte sich an seinen Gang durch Berlin, seinen kurzen Aufenthalt in der Hauptstadt Köln, in München, selbst in den kleineren Städten und Dörfern hatte er immer wieder das gleiche Bild gesehen: Menschen, die wie Zombies auf ihre Geräte starrten, mit flinken Fingern Botschaften tippten. Sie hatten sich an die Geräte verloren.

Schon in wenigen Tagen würde er im oberitalienischen Friaul sein und mit der Gruppe dort die nächsten Schritte koordinieren.

Eigentlich liebte er diese Phasen zwischen Wachen und Traum. Doch die Verantwortung lastete schwer auf ihm. Seine Gedanken kreisten um die Verwirrtheit der Menschen, ihre Entwurzelung, die scheinbaren Glücksmomente, die sie glauben sich selber zuzufügen. Menschliche Gemeinschaft? Communio? Internet statt Wissensdurst. Der bequeme Weg, statt sich auf dem dornigen Weg Kenntnisse anzueignen.

Die Wände seiner kleinen Behausung ließen das Summen der gewaltigen Aggregate an sein Ohr dringen, das ihn nun doch schläfrig machte. Von hier oben aus war die Reichweite der Attacke exakt steuerbar und dosierbar. ‚Weser I' war nur die Quelle der Kraft. War er wach? War es ein Traum, als er mit Augustinus sprach, mit Isidor von Sevilla, dem Schutzpatron des Internets, mit den frühen Kirchenv… Ein Klopfen riss ihn aus diesem Zustand. Es war 3:25 Uhr. Cervo riss sich aus der Unterhaltung mit den Traumgestalten los, ging oder besser taumelte die wenigen Schritte zur Tür und öffnete.

„Vierhundert Fälle deutschlandweit!", sagte Lukan, der das Monitoring der Angriffe dokumentierte, „sollen wir weitermachen?"

Doch Cervo gebot Einhalt: „Warten wir die ersten Reaktionen ab. In zwölf Stunden dann größere Einheiten!" Er schloss die Tür, nahm seinen Rosenkranz und betete.

Im Gesundheitsministerium tagte man seit den frühen Morgenstunden. Aus allen Regionen der Republik gingen Meldungen von neuen Fällen ein. Alle mit der gleichen Symptomatik. Zwei Tage später schaltete sich das Innenministerium ein und stellte eine Gruppe von Spezialisten zusammen: HNO-Spezialisten, Neurologen, aber auch Vertreter des BKA, der Geheimdienste und zwei IT-Experten. In der ersten Sitzung, die in Koblenz stattfand, war es Klaus Bongartz, der die Leitung des Spezialistenteams übernommen hatte, der als erster sprach:

„Wir müssen uns zunächst einmal mit der Frage beschäftigen, warum die Opfer zur Zeit des – nennen wir es Vorfalls – ihr Mobiltelefon oder den Tele-fonhörer in der Hand hielten."

Nun schaltete sich der Vertreter des SYNC ein, deren Aufgabe die Bekämpfung von Cyberkriminalität war: „Thomassen, SYNC. Es mag absurd klingen, aber wir sollten auch abwegige Möglichkeiten in Betracht ziehen und uns fragen, ob es denkbar wäre, über die Telefonverbindung irgendetwas zu übermitteln, das den Angerufenen …, na ja, ich weiß, es klingt verrückt …"

„Denken Sie dabei an einen Nachricht, Worte, Chiffren, die der Anrufer übermittelt und dadurch …?" fragte Helena Robens aus dem Neurologenteam.

„Vielleicht", gab Thomassen zurück, „aber das widerspräche aller Erfahrung."

Im Innenministerium in Bielefeld herrschte ähnlich starke Unruhe. Staatssekretär Möller war dabei, eine offizielle Stellungnahme zu verfassen, die veröffentlicht werden sollte, bevor der Kanzler selbst in Erscheinung trat. Möller tat sich trotz seiner rhetorischen Fähigkeiten sehr schwer. Mehrmals setzte er an und schrieb den mittlerweile sechsten Entwurf: „Es ist denkbar, dass durch das Telefonnetz auf bisher nicht zu klärende Weise …"

231

Und Entwurf Nummer sieben: „Wir rufen die Bevölkerung auf, Ruhe zu bewahren und sich vor dem Abheben des Telefons zu vergewissern ..."

Vielleicht, überlegte er, sollte er noch direkter vorgehen: „Wir warnen davor, anonyme Anrufe entgegenzunehmen."

Level 2

Verweigerung?

Alle nannten ihn nur Cervo, also Hirsch, wegen seiner „Antennen". Er saß in Friaul vor einer Holzhütte inmitten von Bücherstapeln, als sich ein etwa 30jähriger Mann in einer Art Tarnkleidung zu ihm herunterbeugte und ihm – für die andern unhörbar – etwas ins Ohr flüsterte.

Cervo atmete tief, einem Seufzer gleich, und dankte dem Überbringer der Nachricht mit einem kurzen Nicken. Dieser verschwand so lautlos, wie er gekommen war, im Wald hinter der Hütte.

„Über zwölfhundert …", murmelte Cervo leise vor sich hin. Wie sollte es weitergehen? Noch einmal seufzte er tief und hätte fast die junge Frau, die auf ihn zukam, nicht wahrgenommen.

„Wann fangen wir an?" fragte sie und zeigte auf die kleine Gruppe, die vor der Hütte am Feuer saß.

„Ich komme", sagte Cervo.

Mühsam, als habe er eine schwere Last zu tragen, erhob er sich von der Holzbank, griff nach dem obersten Buch eines Stapels und begab sich langsam zu den Wartenden. Ein gelbes Stück Papier als Lesezeichen lugte aus dem Buch hervor. Es markierte die Textstelle, die in wenigen Minuten vorgetragen werden würde.

Diese Versammlungen liefen stets nach dem gleichen Muster ab. Ein Text wurde entweder vorgetragen oder auch nur zusammengefasst und jeder der – heute waren es acht, an anderen Tagen auch viel mehr – Anwesenden dachte über die von Cervo ausgewählten und von einem der Anwesenden vorgelesenen Zeilen nach. Jeder konnte sich dann zu der Textpassage äußern.

Cervo reichte Yasmin das Buch. Sie nahm es, entnahm den gelben Papierstreifen, hielt das Buch so gegen das warme flackernde Licht des Feuers, dass der Text lesbar war und las still den Text. Nach einer Zeit der Stille begann sie:

„Henry David Thoreau hat das hier vor fast zweihundert Jahren gesagt. Dass die Menschheit dabei sei, einen – sie schaute kurz auf den Text – *magnetischen Telegraphen* zu erfinden. Er meinte damit die Erfindungen von Samuel F. B. Morse und Guglielmo Marconi. Doch was würde die Erfindung nach Thoreaus Meinung bringen? Nun, die erste Nachricht, die auf dem neuen elektronischen Weg übermittelt würde, wäre, dass Prinzessin Adelaide Keuchhusten hat."

Die Gruppe schmunzelte, einer aus der Gemeinschaft legte ein weiteres Holzscheit auf das Feuer. Das gelbliche Flackern verlieh der Gruppe etwas Verschwörerisches. Yasmin legte das Buch, aus dem Neil Postmans Anekdote entnommen war, zur Seite und sagte mit einem zynischen Unterton:

„Fischer und Silbereisen trennen sich / Pokemon Go belieb-ter denn je /Faltbares Handy auf dem Markt …"

Sie schaute Cervo in die Augen.

Level 3

Widerstand?

Zum ersten Mal in der Geschichte der Telefonie saßen hochrangige Vertreter aller Telefongesellschaften an einem Tisch, eingeladen vom Marktführer TEL 1. Geschäftsführer Ruud Kuipers eröffnete das Meeting: „Meine Damen und Herren, verehrte … Kolleginnen und Kollegen. Wer hätte gedacht, dass wir alle hier einmal friedlich zusammensitzen und unseren Wettbewerb für einige Zeit aussetzen, um nach einer gemeinsamen Lösung für ein uns alle betreffendes Problem zu suchen? Machen wir uns nichts vor: Unsere Kunden laufen davon, Ihre Kunden laufen davon, das ist die bittere Realität. Es geht um tausende Arbeitsplätze und, natürlich, um unseren Gewinn. Telefonieren, eine Selbstverständlichkeit, ist nach Meinung einiger Experten gefährlich geworden. Die Benutzung des Telefons, ob Festnetz oder Mobil, ist seit dem 12. Mai um – er stockte – sage und schreibe zweiundsechzig Prozent zurückgegangen. Was das für uns alle bedeutet, wird deutlich, wenn wir die Zahlen allein aus Bayern und Niedersachsen betrachten. Hier sind die Einbrüche am stärksten."

Kuipers griff nach dem Wasserglas auf dem Tisch neben seinen Aktenordnern, nahm einen kräftigen Schluck und fuhr fort: „Die Kunden lassen die Finger von ihren Geräten und kommunizieren zunehmend über Email."

Es war nicht zu übersehen, dass die Vertreter von MAILEX und MEB eine gewisse Erleichterung ausstrahlten. Deshalb wandte sich Kuipers direkt an sie: „Diejenigen von Ihnen, die neben Telefonie auch diese Sparte bedienen, scheinen zu profitieren. Aber wie lange noch?"

Nun meldete sich ein Vertreter der KOMMU-TEL zu Wort: „Herr Kuipers, meine Damen und Herren, wir haben, wie Sie vielleicht wissen, Gegengutachten in Auftrag gegeben, die die Unbedenklichkeit der Benutzung unserer Telefongeräte belegen sollten. Es war ein Flop. Wir müssen es leider zugeben. Von Regierungsseite wurde uns untersagt, weiterhin zu behaupten, dass alles sei ein Hirngespinst einiger durchgeknallter Spinner."

Hier räusperte er sich und wartete auf eine Reaktion. Sie kam von der Dame, deren Firma nicht unmittelbar erkennbar war, da sie sich zwischen zwei Firmenlogos ihren Platz gesucht hatte. Ohne sich vorzustellen, begann sie:

„Unsere Aufgabe muss es sein, dem Ganzen ein Ende zu machen. Wir müssen noch vor den Regierungsstellen herausfinden, was hinter den ‚Telefonopfern‘, wie die Presse sie genüsslich nennt, steckt.“

Die zahlreichen Wortmeldungen ließen sich nicht mehr übersehen. Ein Mobiltelefon klingelte. „Nicht drangehen!“ witzelte ein Herr von der AKOUFON, aber sein Witz fand wenig Resonanz. Unbeirrt fuhr die Dame fort:

„Die Medien haben sich des Phänomens auf ihre Weise angenommen: ‚Gesundheitsfalle Telefon‘ oder ‚Bei Anruf taub‘ – ‚Sie werden die Schlagzeilen kennen. Was viel mehr zur Beunruhigung der Bevölkerung beiträgt, sind die Hypothesen, die im Fernsehen in Talkshows und Sondersendungen geäußert werden. Aber gerade die krudesten Theorien und Hypothesen wurden vom BKA und vom Staatsschutz mit großer Aufmerksamkeit verfolgt, insbesondere dann, wenn von Infraschall, Ultraschall oder Megaschall die Rede war.“

Und so verging Tag 1 der Tagung der Mobilfunkanbieter, ohne dass man auch nur einen Schritt weiter gekommen wäre.

Level 4

Leben?

Das Leben der Bürger schien seinen normalen Gang zu nehmen. In den Straßenbahnen und Eisenbahnzügen sah man allerdings nur noch wenige Menschen, die telefonierten. Es wurde über kaum ein anderes Thema gesprochen. Wer in der U-Bahn saß, konnte nicht umhin, Wortfetzen zu hören wie:

„… schreibe nur noch Emails …"

„… hab den Kindern verboten, ans Telefon zu gehen …"

„… halte den Hörer erstmal weg vom Ohr …"

Wenn ein Handy klingelte, rückten die in der Nähe Sitzenden oder Stehenden von dem Besitzer ab, machten missbilligende Gesichter und gelegentlich Äußerungen, als wollte der Betreffende sich gerade genüsslich eine Zigarette im voll besetzten Wagen anstecken.

Level 5

Frequenzen?

„12768 Fälle. Junge Alte, Frauen, Männer, Jugendliche, Kinder. Und alle mit ähnlichen Symptomen und dem Hörer oder Mobiltelefon in der Hand."

„Innenminister Tauler bemühte sich bei seinen Worten um Fassung und versuchte, den Umständen entsprechend freundlich den Gast vorzustellen: „Herr Prof. Meybrink vom Max-Planck-Institut wird uns die Ergebnisse der Nachforschungen seines Instituts vortragen."

Aufmerksam lauschten die Anwesenden den Ausführungen Meybrinks über gesundheitsschädliche Wirkungen bestimmter Schallfrequenzen, zunächst auf das menschliche Ohr, was dann aber zu zerebralen Ausfällen führen könne. Taubheit, glücklicherweise vorübergehend, sei das häufigste Phänomen: „Also es ist nicht auszuschließen, dass jemand eine Frequenz über das Telefon schickt, die mittelbar zu Gehirnschäden führt."

Im weiteren Verlauf der Sitzung referierte das Bundeskriminalamt über die Rückverfolgung der Anrufe bei den Geschädigten. Die meisten Anrufe ließen sich regional einengen; eine Spur führt nach

Norditalien, in eine einsame Berghütte bei Belluno. Die Behörden dort seien informiert, hätten aber dort nur gewöhnliches technisches Gerät gefunden. Dies betreffe den Zeitraum vom 12. bis 21. Mai.

Ab dann führten Spuren nach Prag. Mit dem gleichen Erfolg. Es müsse sich um mobile Terrorkommandos handeln, die die Wirtschaft unseres Landes durch Störung der Kommunikation bzw. Verunsicherung der Bevölkerung schädigen oder lahmlegen wollten.

Level 6

Zukunft?

„Nach der Telefonkommunikation sollten wir uns das Fernsehen vornehmen." Cervo gab mit einer Kopfbewegung das Wort an einen jungen Mann, der sich das Pseudonym Meister Eckhart zugelegt hatte. Er schaute in die Runde und sprach: „Das ist leichter als unsere Frequenzkomprimierung. Ich schlage vor, wir warten noch ab, bis das Telefonieren an allen Orten und zu jeder Zeit in unserem Land zusammengebrochen ist. Meine Informanten sagen mir, dass dies schon zu achtzig Prozent gelungen ist. Bei neunzig Prozent könnten wir an die Vernichtung des Fernsehens gehen. Und was unsere Elektrizitätsstörungen betrifft: Wir verschonen weiterhin alle Kirchen, Synagogen, Moscheen und Tempel."

„Sprechen die Menschen denn wieder häufiger miteinander?" wollte Samuel wissen, „hier im Hochland bekommen wir nur spärlich Rückmeldungen. Kommunizieren sie Wesentliches? Und hat unsere Aktion Bücherförderung etwas bewirkt?"

Cervo ergriff das Wort und verkündete, ohne auf die Fragen Samuels einzugehen: „Meister Eckhart, TV Down startet heute Abend!"

Level 7

Energie oder Wende?

Hoffmann erhob sich: „Ja, ich will versuchen, Professor Meybrinks Theorie so einfach wie möglich zu erklären. Sie kennen doch den Vorgang, dass Sie auf Ihrem Computer größere Datenmengen, Texte usw., komprimieren können. Die komprimierte Version lässt sich mühelos versenden und der Empfänger öffnet das Dokument. Dabei lässt es sich mit einem Klick sozusagen entfalten oder auffalten und das umfangreiche Material ist dann wieder detailliert sichtbar."

Unruhe machte sich breit. Hoffmann fuhr fort: „Den Angreifern – ich nenne sie der Einfachheit halber so – ist es wohl gelungen, Sound, also Hertzfrequenzen von unglaublicher Stärke zu bündeln, also zu komprimieren. Beim Annehmen des Telefonats wird diese ‚Datenmenge', sprich Hertzladung, geöffnet, freigesetzt und zur Entfaltung gebracht. Es findet eine Art Explosion statt, der das menschliche Gehirn hilflos ausgeliefert ist."

Der Kanzler unterbrach ihn: „Und woher hat Professor Meybrink diese Theorie? Klingt ja etwas abenteuerlich das Ganze."

„Es gibt einzelne Fälle, die im Gesundheitsministerium untersucht wurden und immer noch beobachtet werden: Etwa ein Dutzend Opfer, die der Hirnschädigung entgehen konnten, weil sie den Hörer von sich weggehalten haben. In die Wohnung, auf Wände, die von dem Overload völlig demoliert wurden."

„Und warum erfahre ich das erst jetzt?"

„Weil wir, mit Verlaub, Herr Kanzler, Sie nicht mit ungeklärten Vorgängen behelligen wollten. Die Menschen, die dort untersucht werden, wurden taub und merkwürdiger Weise stellten die Forscher Veränderungen der Lungenbläschen fest, die allerdings nicht lebensbedrohend sind."

Der Kanzler beruhigte sich ein wenig: „Was davon kann ich heute Abend in der Fernsehansprache benutzen? Wie gesichert ist diese Geschichte von der Zusammenballung von …?"

„Nun ja", so Hoffmann, „für diese Tonkompression sind gewaltige Mengen von Energie notwendig. Auch das haben wir überprüft. Nirgends ist ein ungewöhnlicher Energieverbrauch messbar. Im ganzen Land. Es besteht allerdings eine Möglichkeit …"

„Nun sagen Sie schon", rief der Kanzler ungeduldig.

„Ja, es müsste sich um eine Energiequelle handeln, wie sie nur in Atomkraftwerken oder etwas der Art produziert werden kann."

„Die sind alle abgeschaltet. Gottseidank. Alle", warf der Kanzler ein, „dafür hat eine meiner Vorgängerinnen gesorgt."

„Aber, verehrter Kanzler", sagte ganz ruhig der Vertreter des Inlandgeheimdiensts, „das ist nur die offizielle Version."

Der Kanzler sprang auf und schrie: „Soll das heißen, wir täuschen die Bevölkerung? Und das ohne Wissen der Regierung? Und ohne mein Wissen?"

„Verehrter Kanzler", es war wieder der Geheimdienstvertreter, „Sie erhalten von uns alle Informationen, die für eine reibungslose Regierungsarbeit notwendig sind, nicht mehr und nicht weniger."

Der Kanzler wurde bleich.

„Dieselfahrverbote, komplettes Dieselverbot, Benzinverbot, Druck auf die Industrie, die Umstellung auf Elektro-Mobilität, E-Busse, E-Autos", fuhr der Geheimdienstler fort, „all das, was die Grünen gefordert haben, um die Welt zu retten. Ist ja alles umgesetzt worden, aber woher sollten die ungeheueren Mengen an elektrischer Energie kommen? Von den Windrädern? Nein, Sie wissen auch, dass wir in großem Stil Atomstrom aus den Nachbarländern importieren mussten, das war jedem, der wollte, bekannt."

„Ja und?" Der Kanzler wurde ungeduldig.

„Und dann? Akte A1, strengste Geheimhaltung, schließlich sollte die Illusion einer erfolgreichen Energiewende aufrechterhalten werden, nicht wahr?"

„Klar", sagte der Kanzler missmutig, „das weiß ich doch, dieses A1 in Meschede ist ein technologisch zukunftsweisender Ionenwasserstoffumwandler, von dem wir den Leuten nichts erzählt haben, um sie nicht zu beunruhigen."

„Ionenwasserstoffumwandler, ja, das war die Sprachregelung."

„Sprachregelung? Was wollen Sie damit sagen!"

„Das A1 in Meschede ist ein Kernkraftwerk, allerneuester Bauart, ein Flüssigsalzreaktor, um es genau zu sagen. Und weil der so gut funktioniert, sind nach dem gleichen Muster noch A2 und A3 in Meschede gebaut worden. Als Erweiterung der bestehenden Anlage ist das kommuniziert worden."

„Und das ist alles?" Der Kanzler war misstrauisch geworden.

„Nun, es gibt noch eine vierte Anlage im Weserbergland, das ‚Weser I', aber die ist noch im Versuchsstadium. Damit werden wir die gleiche Menge elektrische Energie in einem kleinen Areal produzieren können, sieht aus wie eine harmlose Umspannstation oder so was."

„Und mir haben Sie erzählt, es handele sich um eine innovative Energiequelle aus Sonnenenergie, Ionik und Wasserstoff."

„Na ja, innovativ ist die Energiequelle ja wirklich", gab der Geheimdienstler lächelnd zurück.

„Wer hat davon gewusst?" fragte der Kanzler eisig.

Level 8

Synergeia?

Cervo bat um einen weiteren Kurzvortrag. Das Feuer prasselte und schuf bizarre Schatten. Er schaute Jensen an, Deckname Swedenborg. Dieser erhob sich und nahm Yasmins Leseplatz ein. Dann sprach er: „The Road not Taken". Alle lauschten gebannt, als er das Gedicht Robert Frosts vortrug.

Cervo hatte die Runde verlassen und sich in die Hütte zurückgezogen. Er nahm das Satellitentelefon und wartete. Dann lächelte er, als er hörte:

„Hier ‚Weser I'. Wir sind bereit. TV DOWN kann beginnen."

Level 9

Tele-Vision? Weit-Sicht?

Der Teleprompter stand in Studio 4 wie ein funktionsloser Roboter, bei dem nur noch das Display funktioniert. Der Kanzler wurde ein letztes Mal geschminkt. Jedes Haar saß an seiner Stelle.

„Noch dreißig", tönte es aus dem Lautsprecher.

„Noch zwanzig."

„Noch zehn."

„Und … jetzt!"

„Liebe Bürgerinnen und Bürger. Ich verstehe Ihre Sorgen und teile sie. Was in den letzten Wochen geschehen ist, ist die heimtückischste Bedrohung unseres Landes seit dem Angriff auf die Trinkwasserversorgung 34. Ich versichere Ihnen, dass unsere Sicherheitskräfte, mit deren Vertretern ich heute noch gesprochen habe, eine Spur verfolgen, die für die furchtbaren Fälle von Vertaubung und zerebraler Dysfunktion verantwortlich ist. Es ist nur noch eine Frage der Zeit …"

Der Kanzler unterbrach, weil ihn die Unruhe des Aufnahmeteams irritierte.

„Wir sind nicht mehr auf Sendung!" rief der Aufnahmeleiter. „Alle Kanäle tot. Und alle Radiostationen ebenfalls."

Level 10

Langeweile ?

Der Tumult in der Bevölkerung war groß. Seit drei Tagen war das Fernsehen tot. Kein Radioprogramm war mehr zu empfangen. Das Internet funktionierte noch, war aber ständig überlastet, weil alle gleichzeitig streamen wollten. Bald versiegte auch diese Informationsquelle.

In den Städten hatte sich das Leben noch stärker verändert. Vor allem in den Cafés waren die Veränderungen deutlich zu spüren. Lagen noch vor wenigen Wochen Mobiltelefone auf den Tischen, so war dies nun eine Rarität. Und wenn es jemand wagte, sein Handy zu benutzen, leerten sich die Tische um den Wagemutigen. Gelegentlich äußerten Gäste ihren

Unmut über die Unverschämtheit, das Leben anderer aufs Spiel zu setzen. „Lassen Sie das!", war zu hören oder „Sehen Sie nicht, dass hier Kinder sind?"

Auch die jungen Nutzer und vor allem Nutzerinnen, die mit bunt lackierten Fingernägeln ihre Smartphones bearbeiteten, waren fast völlig aus dem Stadtbild verschwunden.

Stattdessen sah man kleine Gruppen und Paare, ins Gespräch vertieft, mitunter hektisch gestikulierend. Und die Cafés boten neben den üblichen Zeitungen und Zeitschriften, deren Produzenten es immer noch schafften, irgendwelche Neuigkeiten zu finden und zu drucken, wenn auch meist mit Hilfe der Nachbarländer, auch Bücher an. Dies geschah zunächst noch zögernd, aber mit jedem Tag mehr griffen die Cafébesucher zu den bereitliegenden Büchern.

Durch die längeren Verweilzeiten der lesenden Kunden ging der Umsatz von Cafés und Restaurants in ungeahnte Höhen. Ein kurioser Nebeneffekt war, dass auch Firmen den Hype um das gedruckte Buch für sich nutzen wollten. Als Ironie der Geschichte konnte man auch sehen, dass die ersten vor dem Konkurs stehenden Mobilfunkanbieter neue Marktfelder erschlossen. So nannte sich der frühere

Marktführer PHON-KOM in BIBLIO-KOM um und produzierte Neuauflagen klassischer Literatur. HOTLINECOM konzentrierte sich auf Unterhaltungsliteratur und die Fusion BooksRequired und TELEFANT legte den Fokus auf Kinder und Jugendliche als Kunden.

Das Leben war nicht einfacher geworden. Verabredungen mussten Aug in Aug getroffen werden. Oder man ging einfach los, klingelte bei Freunden in der Hoffnung, dass sie zu Hause waren. Wenn nicht, versuchte man es tags darauf erneut.

Der Hauptprofiteur der neuen Zeit war die Post. Menschen schrieben Massen von Briefen, an manchen Tagen war die Flut von Briefsendungen nicht zu bewältigen. Es war schwierig, sich daran zu gewöhnen, dass eine Antwort erst nach Tagen eintraf.

Die Industrie hatte größte Umstellungsprobleme. Nach dem Wegfall des Internets musste man wieder Schreibkräfte einstellen, die Angebote schrieben und Reklamationen bearbeiteten, Schreibkräfte, die es auf dem Arbeitsmarkt kaum gab.

Da in den Nachbarländern noch gelebt wurde wie in der PRE-DOWN-Zeit, flohen einige aus dem Land und suchten Unterschlupf jenseits der Landesgrenzen, wo es noch Fernsehen, Radio und Mobilfunk gab. Alte Berufe wurden wieder entdeckt, Schriftsetzer wurde ein begehrter Ausbildungsberuf.

Die Informationen aus den Nachbarländern führten letztlich wieder zu einem regelrechten Zeitungsboom. Sie waren das landesweit einzige Kommunikationsmittel und erlebten Riesenauflagen. Man ertrug die zeitliche Verzögerung, die zwischen Geschehen und Wiedergabe lag, der Begriff der *immediacy* verschwand aus dem Sprachgebrauch.

Durch die Zunahme des bedruckten Papiers kam es zu Engpässen, die Grünen beklagten die Verschwendung der Ressource Holz. Auch diese Klage brauchte vier Tage bis sie in überregionalen Zeitungen zu lesen war.

Und ebenso lange dauerte es, bis die Reaktionen die Leser erreichten. „Gebt uns unsere Smartphones zurück, das schont die Wälder!" hieß es, aber auch: „Wir wollen lesen!"

Natürlich herrschte in den grenznahen Regionen reger Besucherandrang aus dem ganzen Land. Wenn die Deutschen mit ihren Elektroautos in Maastricht, Lüttich, Luxemburg, Straßburg, Basel, Salzburg, Aarhus, Pilsen oder Bratislava ankamen, stürmten sie in den ersten Wochen nach dem TV DOWN die Cafés und Restaurants und starrten stundenlang auf die flimmernden Fernsehgeräte, auch wenn sie nichts von der Landessprache verstanden. Aber auch das ließ nach.

Level 11

Zurück?

Der Kanzler war erstaunt, als er den Brief, den ihm sein Staatssekretär gereicht hatte, überflog. „Wer ist dieser Cervo?" fragte er.

Ohne eine Antwort abzuwarten, las er laut: „Unser Hauptquartier ist ‚Weser I', aber das wissen Sie sicher längst. Wir sind keine Terroristen. Ich bitte Sie, verehrter Kanzler, um ein Gespräch. Ich komme zu Ihnen, allein. Natürlich werden Sie den Staatsschutz, die Geheimdienste und Ihre Cyberabwehr informieren. Das ist sogar Ihre Pflicht. Ich treffe am Donnerstag, den 16ten, gegen zehn Uhr vor Ihrem

Amtssitz ein. Für unser Gespräch sollten Sie sich Zeit nehmen. Und noch ein Hinweis: Glauben Sie nicht, es wäre uns auch gelungen, die gesamte Stromversorgung des Landes lahmzulegen? Wir haben uns für die zeitweilige Störung der Kommunikation entschieden. Sollte mir bei meinem Besuch etwas zustoßen oder sollten Versuche unternommen werden, ,Weser I' anzugreifen, ist die Elektrizitätsversorgung allerdings in der Tat die Option, die unsere Leute dann wählen. Bis Donnerstag. Hochachtungsvoll, Cervo."

„Wir lassen uns nicht erpressen!" war die erste Reaktion des Kanzlers.

Doch seine Berater mahnten ihn, auf das Angebot einzugehen, da in der Tat die Energieversorgung wichtiger sei als politische Erwägungen und Befindlichkeiten.

Level 12

Getroffen?

Schon gegen neun Uhr saß der Kanzler in seinem Büro. Die Geheimdienstler und Cyberleute waren in den Nebenräumen platziert und überprüften zum wiederholten Mal die akustische und optische Verbindung zwischen Kanzlerbüro und Nebenraum 1, 2 und 3.

9.57 Uhr: Ein großer, schlanker Mann in einem grauen Mantel näherte sich dem Tor des Kanzleramts. Das Tor öffnete sich. Sicherheitskräfte nickten einander zu. Er war bereits am Tor auf Waffen gescannt worden. Das Tor schloss sich. Er schritt langsam auf den grauen Eingang zu. Auch hier ließen ihn die Sicherheitskräfte passieren. Ein junger Mann, der sich als Murat Teltgen vorstellte, nahm ihn in Empfang, führte ihn über eine lange Treppe vor das Büro des Kanzlers. Ohne anzuklopfen öffnete Teltgen die Tür, zeigte mit der Rechten auf einen Sessel und verschwand.

Der Kanzler erhob sich und sagte:

„Sie werden verstehen, dass ich Sie nicht wie einen Staatsgast empfange. Aber die Situation verlangt, dass ich mit Ihnen rede. Also nehmen Sie dort Platz."

Cervo entgegnete: „Haben Sie keine Angst, Herr Kanzler. Alles, was wir hier besprechen, wird öffentlich sein. In wenigen Minuten beginnt die Übertragung unseres Gesprächs. Ich könnte Ihnen die exakte Zeit nennen, aber man hat mir natürlich auch meine Uhr abgenommen. Wenn die Uhr auf Ihrem Schreibtisch genau geht, dann sind wir in einer Minute auf Sendung."

„Wie soll das gehen?" fragte der Kanzler.

„Sehen Sie das Noldebild hinter Ihnen? Dort befindet sich die Kamera. Und genau jetzt sehen die Menschen in München, Berlin, Leipzig und im ganzen Land uns beide im Gespräch."

„Aber Sie haben doch das Fernsehen boyko…"

„Seien Sie versichert, dass es funktioniert."

In den Nebenräumen fluchten die Geheimdienstler. Meldungen aus dem ganzen Land gingen ein, die bestätigten, dass die Fernseher die Begegnung ausstrahlten. Auch elektronische Werbeflächen waren gelöscht und zeigten einen hektischen Kanzler und seinen ruhigen Gesprächspartner.

„Was fordern Sie?", fragte der Kanzler.

„Nichts, das Sie nicht erfüllen könnten."

„Und das wäre?"

„Geduld. Hören Sie sich zunächst einmal an, was wir zu sagen haben."

Der Kanzler versuchte, seine Wut zu unterdrücken.

Cervo fuhr fort: „Unsere Welt ist auf den Gedanken Platons, Ciceros, Dantes und zahlreicher anderer aufgebaut. Unser Wirtschaftssystem auf Wachstum, Wachstum, Wachstum. Und bei allem vermeintlichen Fortschritt haben wir verlernt, uns mit Sinnhaftem zu beschäftigen. Wie tief sind wir gesunken, wenn auf Bahnsteigen, in Cafés und zu Hause alle mit Smartphones und Internet beschäftigt sind. Alles verkommt zu Entertainment. Man zeigt sich Bildchen, Clips, witzige Videos. Die Kommunikation, echte Kommunikation liegt danieder."

Er schaute den Kanzler an. Er wartete.

„Und was bedeutet das jetzt?" fragte der Kanzler, „sollen wir wieder in die Steinzeit zurück?"

„Meine Leute und ich haben, wie es Ihnen sicher nicht entgangen ist, durch unsere Aktionen erreicht, dass die Menschen wieder kommunizieren, Bücher lesen, sich austauschen."

„Ist Ihnen eigentlich klar, dass wir in einer Demokratie leben, in der nicht eine kleine radikale Gruppe von Spinnern, die nicht vor Straftaten verschiedenster Art zurückschreckt, der überwältigenden Mehrheit der Bürgerinnen und Bürger ihre Meinung aufzwingen kann?"

„Ich habe mit dieser Reaktion gerechnet, verehrter Kanzler. Daher mache ich Ihnen folgenden Vorschlag …"

Das Gespräch dauerte noch vier Stunden. Dann verließ Cervo ungehindert das Kanzleramt.

Level 13

Alles Neu?

Aufgrund des ausgehandelten Kompromisses wurden Telefon, Internet und Fernsehen wieder aktiviert. Doch die Nutzer mussten sich daran gewöhnen, dass Emailverkehr und Internetzugang nur in der Zeit von 9 – 11.30 Uhr und von 15 – 16 Uhr möglich war. Ähnlich waren auch die Telefonleitungen nur zwei Stunden vormittags und zwei Stunden am Abend nicht tot.

Die Sendezeit des Fernsehens wurde auf die drei Stunden nach 19 Uhr begrenzt, die meisten TV-Kanäle mussten völlig entfallen. Wer mehr sehen wollte, dem blieb nicht anderes übrig, als weiterhin in die Nachbarländer zu fahren oder auf dem Schwarzmarkt eine Kopie einer Sendung zu ergattern, alte DVDs stiegen ungeheuer im Wert.

„Ich hatte keine andere Wahl", sagte der Kanzler im internen Kreis, „wenn das bei der nächsten Wahl nicht mal eine Katastrophe gibt!"

„Keine Angst", antwortete sein Sicherheitsberater, „wir arbeiten fieberhaft an einer Operation, um diesen Jungs das Handwerk zu legen. Da sind unsere besten Kräfte im Einsatz, darauf können sie sich verlassen!"

„Vielleicht gewöhnen sich die Leute aber auch daran", gab der Innenminister zu bedenken, „hat ja auch seine Vorteile, oder?"

„Klar, von den Schulen und Universitäten kommen durchaus positive Rückmeldungen", meinte ein Journalist, den der Kanzler sehr schätzte, „der Verlags- und Zeitungssektor jubiliert doch, warten Sie ab, man wird sie noch als großen Erneuerer feiern!"

„Sie sind ein Träumer", gab der Kanzler zurück.

IV

Für übermorgen

Life is a Kleinstadt-Blues

Some people frown
when they see my town.
But it is my home,
the sky is the dome.

*Was du heute kannst besorgen, das verschiebe nicht auf
morgen!*
That was what we were always taught,
but as a kid I always thought:
"Procrastination saves a lot of time."
For many things that were important yesterday
today aren't worth a dime.

And when the churchbell rang,
the faulty choir sang.
We had to go, no chance to hide.

We played with the rugged boys
who carried knives for toys.
we admired them, for they were free,
we feared their wrath, they couldn't be
real friends … with their dirty hands.

Spiel nicht mit den Schmuddelkindern!
The parents told us again and again.
But we liked their fires,
their mud-stained hands,
their cigarette ends,
their ruffled hair,
the clothes they wear.

The Latin teacher clipped our ears
and school was filled with novel fears.
Gone were the days of childish bliss,
now girls were waiting for a kiss.
We knew girls were a different kind
and it was difficult to find

a girl who really didn't mind
us leaving them behind
for Champions League and Youtube clips.

And then came „Vera, Chuck and Dave",
the offspring of our married lives,
gone was the fun, we all had wives.
And bringing up a lot of brads
was the new task, the job of dads.
Dave was myopic,
Chuck a bore
and Vera was a little whore.
She walked with every man in town,
and when they came, took off her gown.
I told them over and over again:
Spiel nicht mit den Schmuddelkindern!

Now we are old, our hair is grey,
instead of grass there's only hay.
And soon we'll be the target of the scythe.
Roses are red, violets are blue,
the sickle will get us, me and you.

Annotation: the scythe = Sichel

Emotion's Eleven

Und wenn er wiederkommt? fragte Flaherty.
Keine Angst davor. Bin versichert. Sei versichert.
Aber das große Chivas-Regal-Hogwart-Imperator-Spiel?
Spielen wir ohne ihn. (Es war Alligheri)

Nel mezzo del cammin di nostra vita.

Pause.

Er ergibt sich den sechs Elementen: Luft, Erde, Wasser, Feuer, Quinta Essentia, Google.

Was gefunden?
Schrott. Seelenreste. Staubfänger der Eternität.

Erst jetzt enthüllte der abziehende Morgennebel die Szene. Geschlafen. Verraten. Nimmersatt. *On little cat feet.*

Auch Emilia begann sich die Frühe zu eigen zu machen. In der Waschküche des Nebenhauses erste Laute. Zweite Laute. Laute Laute. Lautenlaute.

Um das Chaos zu ordnen griff Naso zum Flügel des achtarmigen Lotus. Phagen. Und wieder Hypnos, der Allgewaltige. Stieg empor und drückte sphingengleich die Taste, auf der in abgewetzter Schrift die Worte standen: *Eli, Eli, lama sabachtani.*

Er hatte gewartet und es füllte sich zusehends der chinoiden Tasse inneres Rund. Kaffee.

Die Symboliker und die Symbolisten berieten bereits. Die Akousmatiker hörten bereits. Die Sophomoren übten sich in Oxymora. Gleich würden sie sich versammeln. Agora. Nie zuvor hatte die UN so unterschiedliche Kreaturen engagiert. Sie lösten Rätsel um Rätsel, entdeckten Entdeckung um Entdeckung. Schlugen vor.

Hätte man Cervantes wirklich erwecken sollen? Und Will? Würde er nicht nur schmieden? Hephaistos des Wortes. Klumpfüßiger Barde. Feuersprühend in der Ceres heiligem Lande.

Nur wenig Sinn für wortreiche Zusammenkünfte hatte Dädalus, der Praktiker, der Erfinder der Baumärkte. Stihl-Frage das alles. Bor.

Da saßen sie nun den Weltenbrand abwehrend. Die Eleven. Elf Sophisten. Und Sokrates.

Das Ritual sah vor, dass stets ein anderer den Gesprächsreigen eröffnete. An der Reihe war Jaques Brell. Im daktylischen Gedränge seiner flämischen Gutturale ging etwas Sinn verloren.

Wir sollten es heben. Und senken. Wann ist der Mann ein Mann? Leichtes, kaum vernehmbares Ächzen der Harpyien aus der Speisekammer.
Brell unbeeindruckt. Der Barde unbeeindruckt. Cervantes zuckte. Sokrates fragte sich. Atlas zuckte mit den Schultern. Welt kurz aus den Fugen.

Ende Tag eins.

Caput secundum

Effigies. Effigy.

Bilder im Kopf

Traum-Bilder Freud-los
Höhle. Schattenbilder.
Paideia
Sermon of the Mount

Oh, wieder zurück?
Nazareth

Hermit's song. Herman's Hermits?
Wüste
Termites' song.
Mali verloren.
Dali geboren. Zeit fließt dahin.

The Jeremiade of Alfred

The tombstones cry of havoc never seen
Whilst there beyond the border
Children are playing.
In Western Ullapool some fishermen gather
Enjoying the early evening.
When will he come again? quoth one,
to gather fishermen like us to follow Him?
His father spake to Moses, Abraham,
then sent His son.
The crucifixion was no fiction for Josephus Flavius.
But why has He not spoken ever since?
Has He lost interest in this world of His?
Dobedobedo. Sinatra.
Samsung and Apple, Huawei.
Amos, Jeremy, Baruch
WHERE ART THOU?

Seven poems

1

Klarstellung:

Homér
nicht
Hómer

2

O, povero Giuseppe Ungaretti

M'illumino
Di Netflix

3

The Bard

Oh, Will, you've got a beard,
they say, they're bored.
The meaning is barred.
Your words must be burred.

4

Non c'è freddo
senza caldo.
Non c'è alto
senza basso.
Non c'è giorno
senza notte.
Non c'è vita
senza
morte.

5

KI
KIN
KIND
DIY
then DI E

6

UNIFORMED
UNINFORMED

7

Tu quaere,
quem mihi,
quem tibi
finem
di dederint.

273

Haiku - Miniaturen

Patrick kniet vor dem Altar.
Irland bleibt.

Ich gehe bei Sonnenschein los.
Dann durch den Wald. Dann Dickicht.
Dann noch durchs Unterholz.
Es beginnt zu regnen.
Am Ende wieder Sonnenschein.

Sokrates sieht die Welt.
Die Welt wie sie ist.
Er geht in die Höhle.
Er lässt sich fixieren.

Der Lüneburger Heide
Ist endlich Christ geworden.

Kevins Protest

Und dann beschloss Kevin, sich zu weigern, normal zu sprechen und zu schreiben. Er kntnoe die sgdäntie Dskiieniruinmrg nhcit mher etaerrgn und wltloe der Wlet bwieeesn, wzou er fhiäg war.

Üeabrll glat sien Nmae als Snnyoym für Böhildet und Supsntmfin.

Er sprach nur noch B-Sprache, das heißt, er wiederholte jeden Vokal und jeden Diphthong, schob aber ein B dazwischen, so dass „Guten Morgen" zu einem „Gututeben Moborgeben" wurde. Aus „Fährst du auch Neumarkt?" wurde „Fähbährst dubu aubauch Neubeumabarkt?"

Seine Kasnaeaelsekmrd mdeien ihn ncoh mher als zvuor. Aebr Kevin fand ein Vneitl. Er nham an PoetrySlams tiel, sniee vedrethren Txtee wrduen auf ürebdmiseoniale Liewnädne pojzirriet und dnan slammmmmmte er in B- Srpahce.

Die erestn Agbtneoe von Bchuvalergen lhtene er ab. Zu sßeipig. Er wlltoe keine Bcheür srchiebn. Aebr auf der Dumenkota in Ksasel wreudn sniee Txete asugsetllet. Die iretntaniaole Kstunwtel bgenan scih für Kevin zu irenteiessren.

Diebie Klabassebenkabameberadeben vobon eibeinst staubaunteben nibocht schlebecht, abals Kebevibin deben Nobobebelpreibeis fübür Libite-berabatubur eberhiebielt.

Generalstreik

An einem sonnigen Herbsttag geschah das Unge-
heuerliche. Die Vokale hatten sich verschworen.
Zunächst war noch unklar, ob sie auch ihre mu-
tierten hässlichen Brüder und Schwestern Umlaute
ins Vertrauen ziehen sollten, aber die Abstimmung
fiel 3:2 für Ä, Ö und Ü aus.

Nur beim Ypsilon dauerte es länger. Immer schon
hatte das Y mit Vorurteilen zu kämpfen. Es galt als
elitär und arrogant. Es biedere sich bei den griechischen Fremdwörtern wie ein unverzichtbarer Partner
an, um verzichtbare Wörter wie Mythos, Thyphus
oder Synonym zu formen.

Das A meldete sich zu Wort: „Wisst Ihr noch,
liebe Mitvokale, wie unsere Brüder und Schwestern
in Italien entschieden haben?"

Das Ypsilon zeigte Anzeichen von Unbehagen.
Oder hatte es Angst? Nackte Überlebensangst?

A fuhr fort: „Natürlich klang es anfangs seltsam
und sah noch merkwürdiger aus, als aus *Physik*
schlich *fisica* wurde und *sinonimo* für *Synonym* ver-
wendet wurde. Aber – und hier schaute er gönner-
haft auf das I – unsere Schwester, das I, hat sich

durchgesetzt im Italienischen, im Spanischen, im …“ Applaus brandete auf und das I schaute ein wenig beschämt zu Boden.

E meldete sich zu Wort: „Liebe Freundinnen und Freunde“, sagte es, „wir sollten nichts übereilen. Wenn man die Entwicklung unserer schönen deutschen Sprache verfolgt, insbesondere jüngste Rechtschreibreformen, so ist Vorsicht geboten. Auch ich, ja ich, der am häufigsten gebrauchte Vokal, stehe zur Disposition.“

Ungläubiges Staunen und einzelne „Ohs“ und „Ahs“ begleiteten ihre Worte.

E fuhr fort: „Was war denn dagegen einzuwenden, dass das Adjektiv zu *Aufwand*, also *aufwendig*, mit mir, dem alten E hinter dem W geschrieben wurde? Und jetzt … ja, liebes Ä, du magst dich freuen, aber ich behaupte, *aufwändig* mit dir hinter dem w klingt eher nach einem die Wand hinaufgleitenden Etwas.“

Schallendes Gelächter bei den Vokalen. Das O äffte nach: „*Auf-wänd-ig*“ und machte eine entsprechende Handbewegung.

„Ruhe!" gebot das U. Alle verstummten. „Gebt dem Ypsilon das Wort!"

Applaus.

Das Y räusperte sich kurz, trat einen Schritt vor und begann: „Natürlich ginge klanglich nichts verloren, wenn ihr mich zum Beispiel durch das Ü ersetzt. Aber bedeutet euch Tradition und sprachliche Vielfalt so wenig? Denkt doch daran, was aus th und ph, ja sogar dem ch geworden ist. Verehrtes A, du hast das Italienische erwähnt. Die Physik hat jede Schönheit, ja ihren alten Glanz eingebüßt. Jetzt ist das ph zu f, das k zu c geworden. In der Tat, es heißt, wie du richtig sagst, jetzt *fisica*. Nicht mehr zu erkennen ist die klassische Herkunft, *physis* – Natur. Und so geht es vielen Wörtern: *fisiognomia, fisioterapia*. Bei *antropologia* weiß doch niemand, ob nicht doch Höhlenforschung gemeint ist."

Diese Anspielung auf das lateinische *antrum* für *Höhle* hatte außer dem A, dem E und dem U niemand verstanden.

Unbeirrt fuhr Y fort: „Was ist aus unserer geliebten Philosophie geworden: *filosofia*. Unmöglich. Das ist der Untergang des Abendlandes!"

Spärlich war der Applaus, aber die Abstimmung ergab aufgrund der hinzu gekommenen Umlaute 5:2. Das I hatte sich fair enthalten. Das Y gehörte dazu.

Nun ergriff A wieder das Wort: „Was können wir tun? Nun, um den Muttersprachlern unserer wunderbaren Sprache unsere Bedeutung bewusst zu machen, schlage ich vor, wir boykottieren zunächst für einen Tag die deutsche Sprache in gedruckten Texten. Wir tauschen einfach die Plätze und sorgen für Verwirrung!"

Der Vorschlag wurde unter Heiterkeit einstimmig angenommen.

Der Montagmorgen schien zunächst ganz normal zu beginnen, bis – es war gegen zwei Uhr morgens – ein Redakteur die Schlagzeigen auf dem Titelblatt des Münchener Morgenblattes betrachtete. MINCHUNOR MERGONBLITT las er. Und weiter: KONZLEREN BISOCHT OSI und URENUSCHE ORMII EN ÄLÖRMBIRATSCHUFT.

Entsetzt ließ er den Druck anhalten. Ein Anruf bei Kollegen in Hamburg und Berlin ergab das gleiche Bild. Die linke TÖZ könnte so nicht erscheinen, die ZÖET stoppte die Produktion und sogar die BALD-Zeitung wurde nicht ausgeliefert, obwohl sie mit einem Kracher zum Klima aufmachen wollte. Aber HETZIHÜLLI DÄITSCHLUND würde beim besten Willen nicht funktionieren.

In den Artikeln selbst hatten die Vokale für heilloses Chaos gesorgt. Ein simpler Artikel über die Friday-for-Future-Hüpfekinder las sich nun:

Äoch en dün Förein vörsämmelte such änü greßo Unzohl vun Köndirn, öm for däi Omwult zö pretustoren.

Schnell trat die Gesellschaft für deutsche Sprache zusammen. Ratlosigkeit auch hier. Nach einzelnen Äußerungen wie „Wir lassen uns nicht erpressen" machte die Vorsitzende, Frau Dr. Anselt-Korschensteiner, den Vorschlag, sich mit den Vokalen bzw. deren Vertretung zusammenzusetzen und sich die Forderungen anzuhören.

Die Vokale hatten den Lyriker Hannes Zweigelt gebeten, ihre Interessen zu vertreten. Nachdem die Zeitungen des Landes eine komplette Woche ihr Erscheinen hatten einstellen müssen, wurde eine Dringlichkeitssitzung mit Hannes Zweigelt anberaumt.

Die Anspannung auf den Gesichtern der Anwesenden ließ die Bedeutung der Zusammenkunft erahnen. Die Dudenredaktion war fast vollständig erschienen, die Gesellschaft für deutsche Sprache hatte neben der Vorsitzenden weitere zwölf Vertreter geschickt. Politik und Wirtschaft waren mit hochrangigen Vertretern zugegen.

Zweigelt nannte in seinem Impulsreferat als Gründe für den Boykott die schleichende Vereinfachung der Rechtschreibung und damit die Abkehr von gewachsenen Traditionen sowie die Missachtung und Marginalisierung bestimmter Phoneme und Phonemgruppen. Einwände wie Sprachwandel und Modernisierung ließ er nicht gelten.

Trotz größter Bemühungen kam es nicht zu einer Einigung. „Wo kämen wir da hin", warf Frau Dr. Anselt-Korschensteiner ein, „wenn jeder popelige (sic!) Buchstabe Forderungen stellt!"

Hannes Zweigelt lächelte und verließ die Versammlung. In die zahlreichen hingehaltenen Mikrophone sagte er ruhig: „Sie werden sehen. Jeder Buchstabe, jedes Phonem und jedes Morphem verlangt Respekt. Was jetzt passieren wird, haben Sie hier zu verantworten."

Niemand wusste, was es zu bedeuten hatte, als er sich noch einmal zu den Reportern umdrehte und ihnen ein höhnisches F Wdrshn zurief.

Keine zwei Tage später machte sich Panik breit. Die Tageszeitungen, die versuchten, wieder in den Druck zu gehen, wurden noch kryptischer. Die WLT, BLD, FRNKFRTR LLGMN erschienen trotz starker Bedenken.

Aber die Vokale hatten sich zum Generalstreik durchgerungen und damit begonnen, auch das gesprochene Wort zu boykottieren, so dass Kommunikation nur noch mittels Konsonanten stattfand und den Gesprächspartnern und Lesern einige Phantasie zumutete.

Schüler hatten ihren Spaß, wenn ihre Lehrer versuchten, etwas Sinnvolles an die Tafel zu schreiben. Mit ihren Smartphones fotografierten sie, was an der Tafel stand, wie beispielsweise diesen Text über einen Feldzug Alexanders des Großen:

Lxndr dr Grß vrscht, Prsn z rbrn – m Jhr 333 schlg r d Prsr b s ss

Eine Ansprache der Kanzlerin musste schon nach dem ersten Satz abgebrochen werden:

Lb Mtbrgrnnn nd Mtbrgr!

S st tws gschhn, ds wr ncht vrhndrn knntn, nsr schn dtsch Sprch st nggrffn wrdn!"

Die Regierung sah sich gezwungen, den Forderungen der Vokale nachzugeben. Hannes Zweigelt wurde gebeten, den Vokalen auszurichten, dass ihnen ab sofort, unverzüglich, größerer Respekt gezollt werde. Der 23. Mai wurde zum Tag der Vokale erklärt, außerdem sollten in allen Veröffentlichungen besondere Wortschöpfungen an die Rebellion erinnern und die Bedeutung der Vokale in ihrer alten Wichtigkeit hervorgehoben werden.

Es kam zu einer Renaissance der Begriffe U-Musik und E-Musik, auch der O-Ton und das Binnen-I erfuhren besondere Würdigung. Aufgrund der herausgehobenen Stellung und Häufigkeit wurde das E in ganz besonderer Weise geehrt. Man sprach allenthalben von E-Werk, E-Autos, E-Bikes, ja sogar von E-Mobilität.

Nur das Ypsilon war wieder einmal lange Gegenstand der Diskussionen. Die Vokale wurden über die Vermittlung von Hannes Zweigelt gefragt, ob sie nicht doch bereit wären, das Y in ihren erlauchten Kreis aufzunehmen.

Das Ergebnis der Abstimmung war eindeutig. Von den sieben Stimmberechtigten entschieden sich nun sechs für den Ausschluss des Y. Das I hatte sich aus Fairness wieder enthalten.

Die Begründung der Kommission hatte die Vokale überzeugt: Zu lange schon war das Y in Verruf

geraten, hatte es doch über Jahrhunderte die Domi-
nanz einer toxischen biologischen Gruppe symbo-
lisiert: als Y-Chromosom.

Vom selben Autor:

Ein junger Arzt, Matthias Beckerts, will der medizinisch nicht erklärbaren Heilung eines Mädchens nachgehen und macht seltsame Entdeckungen. Wer ist außer ihm noch auf der Suche nach dem Geheimnis? Welche Rolle spielt der heilige Lorenz? Wer ist Pater Abelardus? Beckerts begibt sich auf eine erstaunliche und nicht ungefährliche Reise in ein Grenz-Land.

ISBN: 9783748160441